死神さん
嫌われる刑事

大倉崇裕

幻冬舎文

死神さん

嫌われる刑事

死神さん

嫌われる刑事

目次

死神対天使

1

いい年をした男が、顔を真っ赤にして目を潤ませている。そんなメンタルで、この先、警察官としてやっていけるわけがない。弱さを見せれば許されるとか、そんな甘い仕事じゃないんだよ、鑑識は。

川代翔子(かわしろしょうこ)は、自分のデスクに座ったまま、肩を小刻みに震わせている鑑識課員に思ったままを伝えた。

「検視が終わる前に、ご遺体を動かすなんて、やっていい事と悪い事がある」

「申し訳ありません」

「今まで、何を習ってきた。それに、これが初めてじゃないでしょう。ふた月前の現場でも、ご遺体の足に蹴躓(けつまず)いて、サンダルを弾き飛ばした。おかげで、採取できたかもしれない土片や泥の類いが、全部、パア」

「も、申し訳ありません」

「今朝のご遺体だって、どうせ自殺だって、舐めてかかってたんじゃない？」

「ち、違います。自分は……」

「じゃあどうして、検視が終わる前に遺体を下ろした？」

「下ろそうとしていたわけではありません。ロープが切れそうだったので、後ろから支えようと……」

「でも結局ロープが切れて、あんたはご遺体の下敷きになり、手足をばたつかせて、数々の証拠をふいにした」

「申し訳ありません」

「ロープが切れたのなら仕方がない。でも、ご遺体の下敷きになったのなら、せめてそのまじっとしていなさいよ。ド素人みたいに悲鳴あげて、みっともない」

「申し訳ありません」

説教を始めて二十分。川代の腹立ちは微塵も解消されていない。さて、これからどう失敗の償いをしてもらおうか……。

算段を始めたところで、デスクの内線電話が鳴った。鑑識課長のお召しだ。

「川代君、話がある。今すぐ、第三資料室まで来てもらえるかな」

取りこみ中ではあったが、上司の命に逆らうわけにもいかない。

受話器を置くと、何も言わず、そのままデスクを離れた。鑑識課員はうなだれたまま、立っている。

とりあえず、しばらくそうしていなさい。

廊下に出ると、まず目に飛びこんでくるのが、所狭しと積み上げられた段ボール箱だ。警視庁と黒字で印字され、マスコットキャラクターが側面で微笑んでいる。こんなものを入れる予算があるなら、ほかにいくらでも使い道があるだろうに。無数にある箱を見るたびに苛立ちが募る。精神衛生上よろしくない。

警視庁本庁舎では、老朽化に対応するため大規模改修工事が始まっている。そのため、川代が所属する警視庁刑事部鑑識課検視係は、東京駅丸の内側にある十二階建てのビルへと、一時的な引っ越しを命じられた。引っ越しと簡単に言うが、膨大な機密資料やデータ、電子機器などをすべて、移すのである。しかも現場勤務をこなしながらだ。不可能なミッションである事は判りきっていたが、そこは警察官の悲しさ、命令は実行しなければならない。課員全員、寝不足と疲労で目を赤くしながらも、予定された日に、指定の七階フロアに機材すべての移送を終えていた。

ただし、命令は業務に支障をきたさぬよう引っ越しを行う事であり、段ボール箱の開梱作業や整理整頓はそこには含まれていない。

そんなわけで、廊下には封をしたままの段ボール箱があふれ、各部屋も資料やファイルがてんでんバラバラに散らばったままという惨状が展開していた。

箱の間を縫うようにして進み、第三資料室の前までたどり着く。ノックをし、入室する。中は廊下と大差ない。未整理の段ボール箱が積み上がり、中にはどうやって積んだのか、天井にまで達しているものもあった。壁に沿って書類用キャビネットが設置されているが、中はいまだ空っぽのままだった。

箱の間から、山森(やまもり)鑑識課長の灰色になった髪がのぞく。箱を一つ一つ床に下ろし、カッターで開封している。

警察官とは思えない穏やかな相貌で、メガネの奥の目には力というものがない。相手を射貫くような目つきをしている他の警察官とは、対照的であった。気配に気づき、山森が顔を上げる。

「ああ、川代警部、忙しいところ、申し訳ない。現場は大変だと思うが、私にはこれといった仕事がない。そこで資料室の整理でもと思ったんだが、これは、とても一人でどうにかできるもんじゃないねぇ」

課長の世間話に付き合っている暇はない。川代は背筋を伸ばし、顎を引く。

「お話があるとのことでしたが」

課長がここを指定したのは、他聞を憚る内容だからだ。そのくらいの見当はついていた。問題は話の中身だが……。

「川代警部、君に異動の話が出ていてね」

「城東大学の法医学研究室に講師として、出向してもらえないか」

「は？」

さすがの川代も混乱した。異動の話であろうとは推測していた。だがそれは、功績を認められて課長代理への昇進と考えていた。よもや、左遷同然の出向の打診とは。

「理由をお聞かせいただけますか」

「君はよくやってると思うよ」

山森は箱の封をカッターで切りながら平然と言う。

「ただ、ちょっと厳しすぎやしないかね」

「検視という職務の重要性を考えた場合……」

「君が事あるごとにそう言っているのは知ってるよ。ただ、君の部下、あるいは同僚から、苦情の申し立てがあってね。それも一人ではない。続けざまだ」

血の気が引いた。先まで説諭の対象としていた鑑識課員の泣き顔が、脳裏をよぎった。

山森は世間話の続きでもするように、川代の将来が潰え去った事を淡々と伝える。

「昔なら、そんなものは無視してよかった。上司の言う事は絶対だからね。でもいまは、いろいろうるさいからね。こんなことがマスコミにでも漏れたら、また、警察叩きが始まってしまう。そうなったら、君だけじゃない、私や私の上司にまで、累が及ぶ」

山森は顔を上げ、川代の目を見据えた。

「話は以上だ。前もって伝えたのは、私の一存だ」

異動が嫌なら辞表を書いて出ていけ。暗にそう示しているのだ。

川代は一礼すると、部屋を出た。先とは、すべてが違って見えた。行き交う課員たちが、皆、川代を横目で見ているような気がした。

『さっさと出ていけ』

そんな、声なき声が聞こえる。

川代は踵を返し、廊下奥の女子トイレに駆けこんだ。

洗面台の水をだし、両手ですくうと、何度も顔を洗った。もともと化粧はしていない。冷水で何とか高ぶる気持ちを落ち着かせようとした。だが、顔の表面がヒリヒリと火照るだけで、煮え立った心の内は、一向に収まらない。

「ああ、もう！」

鏡に息を乱し、頬を朱に染めた女が映っている。つり上がった目の端から、つっと液体が流れた。歯を食いしばる。

「よろしければ、お使い下さい」

まとわりつくような粘っこい声と共に、真っ白なハンカチが差しだされた。

「え？」

洗面台の脇に、黒い服を着た小男が立っている。右手には綺麗に畳まれたハンカチがある。

川代は大声を上げて、男とは反対側に飛んだ。側面飛びだ。飛びすぎて壁に肩を打ちつけた。

小男は川代の叫び声に心底驚いた様子で、わなわなと全身を震わせ、短い首を左右に振っている。

「き、急に大声をだされて。何でしょうか。何か、妙なものでも？」

「妙なものはあんたでしょう！」

「私？」

「ここは、女子トイレよ」

「ええ、その通りです。ですがご心配なく。ドアの前に清掃中の札をかけてきました」

「そういう問題じゃない！」

一般のビルを借りているだけとはいえ、仮にも警視庁が管理する敷地内に、不審人物が入りこみ、女子トイレで痴漢行為を働いている。あってはならない事だ。

川代は呼吸を整え、小男と向き合う。これでも合気道は二段の腕前だ。無様に助けを呼ぶより、自分で片をつけた方が、外聞もいい。見たところ、手足も短く、下腹にも肉がついている。目はしょぼついていて、猫背。制圧は容易(たやす)いはずだ。

川代は心を決め、右手の指を開き、男に向ける。右膝を曲げ、左足を張り――。

戦闘態勢を整えた川代の前に、一枚の名刺が差しだされた。

「そのような怖い顔をなさらず。私、こういう者です」

名刺には「警部補　儀藤堅忍(ぎどうけんにん)」という名前と階級だけが印刷されている。

妙な陽動に乗せられてはならない。名刺を持つ手首を取れば、あとは……。

「川代翔子警部、あなたは二年前、城南病院で死亡した三谷仁之助(みたにじんのすけ)氏の検視をなさいましたね」

はっとした拍子に、全身の力が抜けた。

三谷仁之助、その名前は昨日から何度も聞いている。

儀藤と名乗る小男は、川代が怯んだ一瞬を見逃さなかった。するすると床を滑るようにして間合いを詰め、川代の眼前に立つ。

「三谷氏に筋弛緩剤系の薬物を投与し、安楽死させたとして逮捕、起訴された船津文子氏に昨日、無罪判決が出ました。ご存じですよね？」

儀藤――どこかで聞いた名前だと思っていたが、細い記憶の糸が繋がった。

「あんた、もしかして、死神？」

儀藤は川代の目の奥を、色の薄い茶色がかった瞳で見つめる。

「そのあだ名、わりと気に入っているのです」

小男はニヤリと笑った。

「川代翔子警部、あなたはたった今より、鑑識課検視係の任を解かれ、私の指揮下に入っていただきます」

「ちょっと信じられない……死神が本当にいた？」

「ええ、死神は実在します。私は三谷氏殺害事件を再捜査し、真犯人を捕らえます。あなたには私の相棒となって、共に行動していただきます」

無罪判決が出た事件の再捜査を行う専任の刑事がいる――そんな噂は前々からあった。その刑事は再捜査に当たり、当該事件の捜査に参加した者を一人、相棒として選ぶ。

逮捕した者に無罪判決が出る。それはつまり警察の誤認逮捕を示すものであり、捜査関係者にとっては最大の不名誉でもある。再捜査とは、そんな古傷をえぐる行為にほかならず、ゆえに、儀藤の相棒として働いた者は、全警察官からの信頼を失い、組織の中でつまはじきにされる。堅固な警察組織に背を向けられる事は、つまり警察官人生の終焉を意味する。

儀藤は相棒となった警察官の未来を奪う。つまり、死神だ。

儀藤の外見は死神というより貧乏神に近いが、訪問を受けた側としては、どちらでも大した変わりはない。

自身が歓迎されないという自覚があるのだろう、儀藤は哀れみを誘うようにうなだれて、怯えたような声で言う。

「まあ、いろいろな噂は聞いているでしょうが、これも職務です。どうか、嫌がらずにですね……」

「判りました。喜んでご協力しましょう」

川代の言葉に、儀藤のトロンと眠たそうな目が、くるりと丸くなった。死神がマメデッポウを食らったような顔だ。

「いま、何と？」

「喜んで協力すると言った」

「ええっと、私に対してそのような物言いをしたのは、あなたが初めてでして……、さすがにちょっとびっくりしています」

「私の流儀を知っている？」

「いいえ」

「失敗は許さない。相棒に指名するんだったら、そのくらい、前もって調べておきなさい」

「恐れ入ります」

「三谷氏の件なら、よく覚えている。私の検視に誤りはなかったはず。こんな事態を招いたのは、捜査に当たった者たちに問題があったのだ。要するに、彼らは失敗した。死神さん、あなたは彼らの失敗を正すチャンスを私にくれた。なら、喜んで協力するしかないでしょう」

「はあ……判ったような判らないような理屈ではありますが、ご協力いただけるのであれば、こちらに不満はありません」

「オッケー。交渉成立。それでは、何から始める？」

「ではまず、事件概要を……」

「お忘れかもしれないけれど、ここは、女性の専用スペースだ。移動した方がよくないか？」

「おお、そうでした。では、私が専用の部屋を用意しました。この建物からは少々離れているのですが、よろしいですか」

「構わない」

この建物から、早く出ていきたかったのだ。今は職場の人間から、少しでも離れたかった。

2

「で、あなたが用意した部屋ってのは、ここ？」

薄暗く湿っぽく、ほんのりと生臭い。少し前までは、ツンと線香の香りがしていたが、いまは消えてなくなった。

十畳ほどの広さで窓はなし。床、壁ともにコンクリートがむきだしであり、天井には空調の配管が、やはりむきだしのままうねっている。床には二カ所、排水口が設けられていて、北側の壁からはハンドルのない蛇口が一つ、ポンと突きだしていた。

「まあ、この様子を見れば、部屋の用途は何となく判るけれど……」

「城南病院地下二階、お隣は霊安室になります。この部屋はもう三年ほど、使っていないそうで、交渉の末、快く貸していただけました」

「さすが、死神さん」

部屋の真ん中にはマットが敷かれ、その上に事件資料と思われる段ボール箱が三個、積み上がっている。他には折りたたみのパイプ椅子が二脚。そのうちの一つに、川代は腰かけていた。儀藤は出入口である鉄扉の前に、背中を丸めて立っている。

「捜査本部の置かれた所轄警察にも協力を求めたのですが、断られました」

「さすが死神さん」

「いえ、先方はあなたの名前を聞いて、さらに態度を硬化させたようです。一時は物置の隅を貸していただけるという話だったのですが、あなたの名前をだした途端、物置は別件で使っていると言われてしまいました」

川代は肩を竦めてみせる。

「まあ、そのくらいの事はあるかもね。私も嫌われ者だから」

自嘲の言葉に対し、儀藤は何も答えなかった。頼りなげに光る蛍光灯を見上げ、

「これ、もうすぐ切れそうですねぇ」

その言葉が終わるか終わらないかのうちに、明かりが消え、部屋は漆黒の闇に包まれた。


初秋の日差しは弱々しく頼りなげであったが、湿った霊安室隣の部屋よりは、遥かにましだ。病院の駐車場の北側にある植えこみの陰に、川代は儀藤と共に、部屋から持ちだしたパイプ椅子を並べ座っていた。病院内にあるコンビニで買った缶コーヒーをそれぞれ手にし、車の排気ガスにまみれつつも、一息をつく余裕くらいは生まれた。

「死神さんの仕事って、けっこう大変なんだな」

「普段はもう少し楽なのですが」

「相棒の選択を間違えたようだ」

「川代さんがご存じの範囲で構いません。事件について教えていただけませんか。繰り返すまでもありませんが、私は警察組織の嫌われ者です。再捜査を始めると言ったところで、誰も事件の情報を与えてはくれません」

「そこで当事者から直接聞くって事か。了解。事件が起きたのは、今から二年前、ここ城南病院別館にある緩和ケア病棟。被害者の三谷氏が入院していたのは、最上階七階にあるVIP用の部屋。一日十万円を超えるらしい」

「我が家の家賃より高いですな」

「死神さんって一人暮らしなのか？」

「ええ。この年になると、寮にも置いてもらえません」

軽く笑い飛ばそうとして、顔が強ばる。笑っている場合ではない。儀藤は将来の自分だ。いや、警察組織にいられない分、儀藤より格は下がるかもしれない。

「と、とにかく、三谷氏は末期の肺がんで、いつ何があってもおかしくはない状態だった。薬で痛みをおさえてはいたけれど、相当な苦しみだったはず」

「当人が安楽死を願ってもおかしくはない状況だったのですね？」

「状況的にはね。ただし、本人が自分の安楽死を依頼した可能性は低い。三谷氏は最後まで自分が肺がんである事を知らされていなかったし、あわせて認知症の症状も出ていた。安楽死を願い、依頼をするような判断能力はなかったとされている」

「なるほど。では当日の状況について、あなたの知っている限りの事をお話し下さい」

「容体が急変したのは、九月十日午後五時五分と記録されている。ナースセンターに急変を知らせるコールが入り、主治医と看護師が病室へ」

「その時、三谷氏は一人だったのですか？」

「ええ。見舞客はいなかった。主治医たちはすぐに処置をしたものの、午後五時三十二分に死亡確認」

「緩和ケア病棟ですから、そうした急変はよく起こる事だと思います。医師たちはなぜ、三谷氏の死に疑念を抱いたのでしょう」

「一つは急変の直前、病院に電話があった。三谷氏が安楽死させられるかもしれない。助けてあげてくれと」

「ほほう」

「最初はイタズラだと考えられていたそうだけれど、三谷氏の急変とあまりにタイミングが合いすぎる。そこに、目撃者が現れた」

儀藤はゆっくりとした動作で腕を組むと、「どうぞ、続けて下さい」とつぶやいた。

「目撃者は病棟に入院していた七十二歳の女性、宇和島清美。待合室から廊下を眺めていたら、三谷氏の病室から出てくる女性がいたと証言した。待合室は、ナースステーションを挟んで丁度、対面にある。女性は看護師のようだったが、周囲の様子をうかがっており、あきらかに挙動不審だったと証言している」

「それが、船津文子だったわけですね」

「面通しをしたところ、清美は文子だと言い切った。文子は三谷氏の担当ではなく、その時間に病室に出入りする用事もない。ここに至って、病院は警察に通報した」

「隠蔽を好む病院にしては、よく思い切りましたねぇ」

「材料が揃い過ぎていたこと、患者や見舞客などに騒ぎを目撃されていたことが大きかったと思われる。下手に隠し立てをすると、後でバレた時のダメージが大きい」

「結果的に、この件でダメージを負ったのは、病院ではなく警察でしたねぇ」

「死亡状況に不審な点があるということで、警察に通報がなされ、私のところに臨場要請が来た。私は出向き、ご遺体を検分し、解剖に回した。その結果、三谷氏の死因は筋弛緩剤投与によるもので、肺がんとは無関係である事が判明した。私は何ら誤った処置は行っていない。そこのところ、理解してもらえただろうか？」

「ええ、ええ。もう十分に。しかし、解剖結果が判明するまでに多少、時間がかかったと思うのですが、その間、船津文子の身柄はどうなっていたのでしょうか」

「任意で取調べていたみたいだ。でも、調べが始まった三日後には、自白していたんじゃなかったかな」

「筋弛緩剤を投与され亡くなった男性の病室に、用事もないのに出入りをしていた。心証は明らかにクロですなぁ」

「でも、文子は裁判で一転、無罪を主張。心証は真っ黒でも、証拠はないわけでしょう？筋弛緩剤を購入した証拠もなし。実際に投与した瞬間を見た者もなし。それまでの勤務態度は真面目そのもの。捜査側の失敗は失敗だ」

「これは手厳しい」

「そんなだから、居場所をなくすのよねぇ」

「異動の話ですか？」

やはり死神はそこまで把握しているのだ。

「ええ。法医学教室に異動。まあ、上層部としては、依願退職を待ってるってところでしょう。ま、そのことと今回のことは別。さあ、死神さん、警察の失敗を正しにいきましょう」

「そこまで積極的な相棒は久しぶりですねぇ」

儀藤はまんざらでもない様子だ。

「でも私の知っている情報は今、話した事くらいだ」

「少々、情報不足な気はしますが、補完していけばよいだけです」

儀藤は駐車場の向こうにそびえる病院の建物を見上げる。

「まずは事件現場から始めましょう」

3

看護師の飯崎知子（いいざきともこ）は、疲れ切った様子で椅子にもたれかかる。

患者の家族と医師が面談に使う、小さな部屋だった。窓はなく、レントゲン写真などを見るためのディスプレイ機器が壁に設置されていた。四角いテーブルを挟み、儀藤と川代が並んで知子と向かい合う。

儀藤が座ったまま名刺をだし、慇懃に頭を垂れる。

「警視庁の方から来ました、儀藤堅忍と申します。お忙しいところを申し訳ありません」

知子は名刺を取ると、興味なげにテーブルに置く。

「三谷さんの事はよく覚えてるわ」

「あなたは当時から、ここで看護師長をなさっている」

「ええ。ここはほかの病棟とは、ちょっと違うから。入院されている方は……判るでしょう？」

「ええ。病気が治り元気になって退院されていくほかの病棟とは違う。ご苦労、お察ししますよ」

「だからこそ、あんな事、船津文子のした事は、絶対に許せない」

「あのぅ、船津文子氏に無罪判決が出たのです」

「判決が出たからって、彼女がやってないって事にはならないでしょう」

「いや、なるんです」

「そんなの変よ」

「法律ですからねぇ」

「でも……」

「ちょっといい？」

果てしなく続きそうな無駄な会話に、川代は割りこんだ。

「あなたはどうして、そこまで船津文子を犯人扱いするの？　彼女との間に、何かあったの？」

知子は憤然とした様子で、鼻の穴を膨らました。

「あるわけないでしょう。彼女は真面目で優秀な看護師でしたよ。幾分、覇気に欠けるところはあったけれど、患者さんやご家族との対応も、そつなくこなしていたわ」

「でも、彼女が犯人だと思うわけ？」

「だって、彼女しか筋弛緩剤を投与できた人間はいないんだから」

儀藤が太い指を開き、川代を制した。

「どうして、そのようにお考えなのですか？」

「仕事柄、時刻には敏感なの。何か事が起きるたびに時刻を確認し、すべて頭に刻みこむ。私はそうやって二十年間、やってきたの」

「そうですか、そうですか」

大げさにうなずきながらも、儀藤はトロンと眠そうな目の奥で、知子の反応をうかがっている。

一方の知子は、儀藤の賛同に気を良くしたのか、得々として喋り始めた。

「私が把握しているのは、あの日、午後四時四十二分に見舞いに来ていた長女の舞樹(まき)さんが退室。その後、担当看護師が点滴交換のために入室。作業を終えて退出したのが、四時四十九分」

「素晴らしい。見事な記憶力ですな」

でまかせかもしれないから、後で確認しないとね。川代はそう考えながら、知子が口にする数字を記憶していく。

「そして、宇和島清美さんが、病室に入る船津文子を目撃したのが、その数分後」

「彼女が病室に入った正確な時刻はご記憶ではない？」

「当たり前でしょう。私だって仕事が山とあるの。ずっと一つの病室ばかり見てはいられない」

「ごもっともです」

「清美さんによれば、船津文子は五分ほどで出てきたらしいわ」

「船津氏が病室に入ったのは、午後四時五十五分前後。そして退出は五時前後ということですね」

「容体急変を告げるコールが鳴ったのは五時五分。それまで、清美さんはずっと廊下を眺めていた。病室に出入りする者があれば、彼女の目に留まらないはずはない」

「つまり、犯行が可能であったのは、船津氏しかいない」

「そういうこと」

儀藤は目に悲しげな色を浮かべ、知子に尋ねた。

「宇和島清美さんに会う事は可能ですか」

「刑事さん、ここを何処だと思っているの？　清美さんは末期の膵臓がんだった。三谷さんの一件があってから、半年後に亡くなったわ」

文子が自白を翻し犯行を否認。目撃者も亡くなり、直接証拠は何もない。無罪判決が出るのも、理解できる。

警察、検察の完全な勇み足じゃないか。その尻拭いを、どうして検視官であった自分が行わねばならないのか。失敗の責任は、失敗をした者が取るべきだろうに。

ふと気がつくと、儀藤と知子がこちらをのぞきこんでいた。

「どうかされましたか。顔が怖いですよ」

「顔が怖いのは、もともとです」

知子の持つＰＨＳが音をたてた。応答した知子はすぐに立ち上がる。

「もうよろしいですか？」

儀藤は立ち上がり、うやうやしく頭を下げた。

「ありがとうございました。もうけっこうです」

知子は小走りで部屋を出ていった。ドアは開いたままで、廊下の向こうからは慌ただしいやり取りが聞こえてきた。

　そんな喧噪が耳に届いているのかいないのか、儀藤は目をしょぼつかせながら、白い天井をただ見上げている。

「ねえ、川代さん」

　ふいに儀藤が低い声で言った。

「もし三谷氏が安楽死させられたのでないならば、どういう事になると考えますか？」

「どういうことって、それはつまり……殺人ってこと？」

「安楽死だって殺人ですよ」

「ああ、それもそうか」

「ただ、大きく違う点があります」

「違う点？」

「動機です。警察は船津氏が、三谷氏の苦しみを見るに見かね、死を早めたと考えた。しかし、それは否定されたのです。となると、事件の様相はどう変わるのでしょうか？」

「通常の殺人事件と同じ扱いになる。まず最初にするべきは、三谷氏の死によって、誰が得をするのか突き止めること」

「お見事です。ではさっそく、始めましょうか」

4

病棟を出た儀藤は、周囲をキョロキョロと見回しながら、短い足でチョコチョコと進んでいく。タクシー用のロータリーを回りこみ、一般病棟の前へとやって来た。外来の受付時間中とあって、人々の出入りが忙しない。そんな中、儀藤と川代は明らかに異質である。

「おかしいなぁ。そろそろ来てもよい頃合いなのですがねぇ」

儀藤は独り言をつぶやいている。

「来るって、何が来るんだ？」

「もっとも会いたくない男の一人です。ただ、向こうも私にもっとも会いたくないと思っているはずです。にもかかわらず、いま私はその男にもっとも会いたいのですよ。そして向こうも私に会いたいと思っているはず」

「会いたいのか、会いたくないのか、どっちなんだ？」

「来た、来た、来ましたよ」

儀藤はニンマリとえびす様のような顔になり、近づいてくる一団を指さした。

先頭に立っているのは、儀藤同様、小太りの小男だ。しかしこちらは高級スーツに身を固め、鼻の下にチョビ髭をたくわえている。生え際はかなり後退しているが、わずかに残った両側の毛を寄せ集め、頭頂部にふわりとのせている。オムレツみたいだ、川代は思った。

オムレツ頭の両側には見るからに屈強な男が二人。ボディーガードだろう。そして、最後尾、太陽の光を避けるかのようにうつむき、三人の男たちの背に張りつきながら歩く痩せた女性。ちらちらとこちらに視線を送ってくる顔に、川代は見覚えがあった。

「船津文子……」

男たちは川代たちの正面で止まった。オムレツ頭がオペラでも歌いだしそうな大仰な身振りで儀藤の肩にそっと手を置いた。

「君との腐れ縁も、ここまでくると、まるで赤い糸だね」

「まったくです。会いたいと思ったとき、いつもあなたは傍にいる」

「ああ、気色が悪い。ところで、横にいる美女が今度の相棒かな」

「川代さんです。こちら、弁護士の福光万太郎さん」

見た目はともかく、腕利きの刑事弁護士だ。金にうるさい俗物で、クライアントには政財界の大物の名前が並ぶ。警察の天敵でもあり、今までに数度、有罪間違いなしの裁判をひっくり返されている。川代も一度、彼の公判に呼ばれたことがあった。検視報告について執拗に質問されたが、ギリギリのところで持ちこたえた。あれは江東区の繁華街で起きた無差別殺人事件の公判だった。焦点は犯行時、被告が心神喪失状態にあったかどうかであり、検察は前もって凶器を用意していたなど、計画性が認められるため責任能力はあったと主張。だが福光は、医師の見解や過去の症例などを持ちだし、結局、望み通りの判決を勝ち取った。被告の父親は著名なスポーツ用品メーカーの社長であり、かつて五輪で金メダルを獲った過去もあった。

無遠慮に顔を見られても、福光は眉を顰めることもなく、それどころか目をパチパチとさせた後、「おや」と逆に川代の顔をのぞきこむ。

「あなた、どこかで見たことがある。そうだ、公判で一度、証言なさったでしょう」

驚いた。会った人間、すべてを覚えているのだろうか。

「いやあ、あれは酷い事件でした」

「殺人犯を無罪にして、心は痛みませんか？」

「その質問、嫌というほど受けました。どのような凶悪犯でも、弁護を受ける権利はあるのです」

「しかし、聞いたところでは、あの無差別殺人の被告、無罪になった後、自殺していますね」

「痛ましい結末でした」

鼻の頭をかきながら、あくまで「他人事である」という姿勢をまったく崩さず、福光は言い放った。

「ただ、判決の結果までが我々の仕事でしてね、そこから後のことは……」

こんな男に、川代がいくら正論をぶつけたところで、何も響くまい。

良し悪しはあるにせよ、センセーショナルな事件の弁護を引き受ける事で福光の顔は売れ、ワイドショーなどにも出演、さらに新たな顧客を獲得してきたのだ。そして今では、都心の高層オフィスビルのワンフロアを借り切り、この通りの羽振りである。

船津文子の弁護を引き受けたのも、福光の流儀ゆえだろう。実際、福光が腕利きの弁護士であることは事実で、それは文子の無罪を勝ち取ってみせたことでも明らかだ。

そんな弁護士と儀藤がいま、旧友であるかのように語り合っている。無罪を勝ち取る弁護士と無罪によって動きだす刑事。そんな二人だからこそ波長が合うのかもしれないが。

福光がつま先立ちとなり、半ば無理矢理ながら儀藤を見下ろして言った。

「ふふん。立ち話も何だから、私行きつけのカフェにでも招待したいのだが、君のような不吉極まりない男を連れていきたくはない。店の格が下がるからねぇ。どうだろう、この病院は私のクライアントでもある。院長に言って、部屋を一つ、用意させよう。ふふん」

「ぜひ、お願いしたいですなぁ」

「コーヒーくらいはいれさせるよ」

通された部屋は思いのほか広く、革張りのソファにガラス製のデスク、真ん中には大理石の灰皿が置いてある。

先が面会室であったことを考えると、この待遇の差はどうだろうか。

福光はその「差」を思い知らせたいらしく、上機嫌で院長の秘書と思しき女性が持ってきてくれたコーヒーをすすっている。

カップは儀藤と川代の前にも置かれてはいるが、むろん、手はつけない。

福光の横に座る船津文子は、ここでも肩をすぼめ、うつむいている。顔色は悪く、何かに怯えるかのように、ドアの方ばかり気にしていた。

福光が連れていたボディーガードは、別室で待機しているようだ。

気詰まりな沈黙が続くも、福光と儀藤の二人は、それすら楽しんでいるようだった。互いを牽制しながら、無言の火花を散らしている。

カチンとカップを戻す音が響き、福光が口を開いた。

「儀藤さん、ご活躍はかねがね」

「社交辞令は止めましょう。私はそもそも活躍などしておりませんのでね。少なくとも、表向きは。それで今回、私共をこんなけっこうな部屋にご招待下さったのは……？」

儀藤は文子に粘っこい視線を送る。

「船津文子さんは、私のクライアントだ。この度の無罪判決を受け、今後、様々な法的手続きを行う準備がある。ただその前に……」

クリアファイルに入った数枚の書類を、そっとデスクに置いた。

「儀藤さん、おそらくあなたが出張ってくると踏んで、用意しておいた」

儀藤はファイルに目を落とすと、白く輝く歯を見せて笑った。

「手回しの良いことです。私も、あなたがこれを届けてくれるだろうと踏んで、待っていました。助かります」

川代は書類の中身を見ようと、首を伸ばす。それを察した儀藤が爬虫類を思わせる嫌な笑い方をする。

「ご覧になりたければ、どうぞ。これには、三谷家親族の詳細が書かれているのだと思います」

「三谷氏の死で、得をする人物たち？」

「その通りです。居所から調べるとなると、時間がかかりますのでねぇ。こうして情報の提供をそれとなく期待していたのですよ」

そのやり取りを聞き、福光はため息をつく。

「その様子だと、相変わらず、情報はまったくだして貰えないようだな」

「ええ。私は警察では嫌われ者でして」

「ハイエナのような事を毎度やっていれば、当然だ」

二人の甘噛みとも思える応酬は無視し、川代はファイルを手に取った。

三谷家の家族と居所が簡潔にまとめられている。

三谷仁之助の子供は二人。妻は既に死亡していた。

まずは長男徹（とおる）、四十九歳。もともとは製薬会社に勤務していたが、三十七歳の時、脱サラし起業。医療事務の斡旋を行う会社を立ち上げるが、二年ともたずに失敗、その後はタクシー運転手として働いていた。

二十四歳で大学の同期であった安川夏美（やすかわなつみ）と結婚。同年に息子仁（ひとし）を授かるが、その後の事業失敗が引き金となって離婚。夏美は仁を置いて家を出た。現在は再婚し外国で暮らしている。事業に失敗した際の借金は莫大で、徹は再三、父親に泣きついていたが、仁之助は援助を拒み、結局、彼の死後、相続した遺産によって完済した。

福光は口をへの字にした後、渋い声で言った。

「徹君は今、父上の残した家で暮らしている。タクシー会社も辞め、無職だ。それでも、食うに困らんだけの金はある」

随分と棘のある言い方だった。その意味するところは、川代にもよく判る。

「息子の仁は、いま、二十五歳——」

書類に目を落とすまでもなく、福光が続けてくれた。

「彼は一時医者を目指し、医学部に入るが、学部内のイジメで退学。いまは徹と同居している。もっとも、定職にはついておらず、部屋からもほとんど出ない生活らしい」

引きこもりということか。

川代は書類をめくる。

長女舞樹、四十四歳についての記述があった。

彼女は現在、大手出版社勤務。ネット通販の雑誌をヒットさせ、いまは女性向け雑誌の編集長を務める。肩書きは部長だ。

しかし、福光の声は相変わらず渋いままだ。

「徹君に比べれば、実に立派にやっておられるよ。ただ、三谷仁之助氏が闘病中、介護は彼女が一手に引き受けていた。仕事との両立は相当な苦労だったたろう。手助けの一つもしない兄徹との仲は、険悪だったと聞いている。また、当然かもしれないが、父親仁之助との折り合いも良いとは言えなかった」

これもまた、意味深な言い回しだ。

福光は満足そうに腕を組み、フカフカのソファにもたれかかった。

「こちらから提供できる情報は以上だ。あとは君たちの捜査に任せるよ」

「これはどうも、有益な情報、感謝しますよ」

儀藤は押し頂くようにして、ファイルを脇に挟む。その目は、福光の横にいる文子に向けられていた。

「つかぬ事をおききしますが、あなたはどうしてこの場に？」

うつむいていた文子の肩が震えている。ばさりと下りた前髪の間から、頰を流れる涙が見えた。

「無罪判決が出た事件を専門に捜査する刑事さんがいるって、福光先生から聞いて……私、びっくりしてしまって」

文子は儀藤に向かって深く頭を下げた。

「犯人を見つけて下さい。その事が言いたくて、福光先生に無理を言って、連れてきていただいたんです」

膝の上の手が握りしめられる。

「警察に謝ってくれなんて、言いません。責めるつもりもありません。ただ、今のままではまだダメなんです。無罪になっただけでは、世間の人たちは信じてくれません」

きっと顔を上げた文子は、儀藤と川代を交互に見ながら、言葉を継いでいく。川代は先までの文子と同様、肩をすぼめ、うつむいていた。

「私は看護師を続けたい、ただそれだけなんです。私は誇りを持って看護師の仕事を続けてきました。生きがいなんです。辞めたくない。だから……犯人を……」

背を丸め泣き崩れる文子の肩に、福光がそっと手を置いた。

「ご安心なさい。この男はどうにも食えない男だが、普通の警察官とは違う。心配はいらないと思う」

泣きながら何度もうなずく文子を見つめる福光の目は、まるで父親のようである。

「良い場面となったところで、そろそろ参りましょうか」

儀藤がゆるゆると立ち上がる。川代もまた、新たな決意を持って立ち上がった。

何としても、警察の失敗を正すのだ。

5

元三谷仁之助宅は、東京二十三区の外れ、小高い丘の上にあった。「宅」というよりは

「邸」といった趣の家で、敷地こそそれほど広くはないものの、歴史を感じる洋風建築であり、二階の中央部分には、バルコニーまである。

手入れがされず鬱蒼とした庭を尻目に、玄関を入る。吹き抜けのホールは黴臭く、天井のライトも切れていた。ドアの脇には生ゴミの袋が数個転がり、ペットボトルのケースやら、スナック菓子のケースやらが、雑然と積まれている。

正面に延びる廊下の左手には二階への階段があり、右側には観音開きのドアがある。

「どうぞー」

というやや呂律の怪しい声が、その扉の向こうから響いてきた。

儀藤は無言で靴を脱ぎ、中へと進む。後に続いた川代だが、スリッパもなく、床の冷たさが身に染みた。

ノックをすると、また「どうぞー」と声がする。

「失礼します」

元は豪奢なリビングだったのだろう。藍色のカーペットに部屋奥には暖炉まである。しかし今は、空の酒瓶と汚れた皿、脱ぎ散らかした安手の洋服に半ば占拠されている。

部屋の真ん中にあるソファでは、くすんだ色のトレーナー姿の男が、顔を赤く染めながら、琥珀の液体が揺れるグラスを高々と掲げていた。

「やあ、ようこそ。警視庁の方から来たんだって？」

「儀藤と申します。こちらは、私の相棒の川代です」

「わざわざ、恐れ入るよ。再捜査なんだって？　まあ、座って座って」

丸いオークのテーブルを挟んだ向かいに、川代たちは並んで腰を下ろした。

テーブルの上には、空になったスコッチのボトルが転がっている。アイスペールの氷はすっかり溶けきっているが、徹は気にした様子もない。グラスの中身を飲み干すと、ソファの陰から、新たなボトルをだし、口を切った。

グラスに注ぐと、「ふふん」と笑いながら、グビリとあおった。

「この酒、親父のお気に入りだったんだってさ。同じものを取り寄せたんだ、ケースで。さすがにうめえや」

「ええ、それでですね……」

さすがの儀藤も、話を切りだすタイミングを計りかねているようだ。

「あの人、無実だったんだなぁ。オレにとっちゃ、恩人みたいな人だ。一度、礼を言わなきゃと思ってたんだけど」

川代は身を乗りだした。

「今の発言はどういう意味ですか？　まるで、お父上が亡くなった事を喜んでいるように聞こえますが」

「喜ぶねぇ……まあ、でも、実際、助かったのは事実だからな」

儀藤が上目遣いに徹をうかがいつつ、どこか間延びした調子で尋ねた。

「あなたが借金でどうにも首が回らなくなったとき、お父上は亡くなったのでしたね」

「そう。あの頃は追い詰められてて、質(たち)の悪いところからも借りまくってたから。親父に泣きつこうにも、もう意識がはっきりしない状態でさ。妹はオレのこと嫌ってて、びた一文だそうとしない。だけど酷くない？ 内臓売れとか、マグロ船乗れとか言われてたのよ」

「そんな折、お父上は亡くなられ、あなたの手元にも遺産が転がりこんだ」

「そう。まあ、運が良かったのかな」

「それが本当に運であれば、良いのですがねぇ」

グラスを運ぶ手が止まる。

「何が言いたいの？」

「被害者が亡くなって一番、得した人間を、我々はまず疑います」

儀藤はさっと両腕を広げた。

「このお屋敷に住み、働きもせず、酒に舌鼓を打つ日々。その上、借金取りはもう来ない。これが得でなくて何なのでしょうか」

だらしなく弛緩していた徹の顔から表情が消え、淀みきった目がグラスの中の液体を見つめる。

そんな徹に、儀藤はたたみかけるように言葉を重ねた。

「あなたは製薬会社にお勤めだった。薬物には詳しいし、取り扱い方法もご存じのはずだ。人に頼む必要などない。自分で投与する事ができた」

徹は自身の手のひらに目を落とす。

「オレがこの手でねぇ」

「金を貸した者の誰かが、勝手にやったのかもしれません。あなたから金を回収するために。あるいは、あなたがそうするようもちかけたのかも」

「すごい事、言うなぁ」

徹は笑った。微かな物音に、川代は振り返る。扉が薄く開き、若い男がこちらをのぞきこんでいた。気づかれた事を悟ると、すぐに扉は閉じられる。

顔はよく見えなかったが、徹の一人息子、仁に間違いないだろう。

廊下を駆けていく足音を聞きながら、徹はなおも笑っていた。

「親父には、厳しく育てられました。文武両道とかって。やりたくもない野球とか剣道とかやらされて、学校が終わった後は塾通い。それなりの成績で大学を出て、会社に勤めたけど、結局、親父みたいにはなれなかった。オレは失敗作なんですよ。親父にとっても、夏美にとっても、世間様にとってもね」

グラスに伸びた手が、かすかに震えている。

「オレみたいにならないようにって、息子には厳しく当たりました。その結果がこのざまです。結局、同じ失敗を、オレもしたわけだ。息子も失敗作になっちゃった」

グラスにスコッチをなみなみと注ぐやいなや、それを一息で飲み干した。

激しくむせかえった後、徹は顔を伏せたまま扉を指さした。

「帰れ」

儀藤は無言のままうなずくと、ゆるゆると腰を上げた。もっと責めれば、自供を引きだせるのではないかと思ったが、儀藤は上司だ。立場上、逆らうわけにもいかない。川代も後に続いて部屋を出る。

徹は顔を上げようともしない。

廊下は静まりかえっており、仁の姿はなかった。

輝きを失った邸宅をあとにしながら、川代は何ともやりきれない思いだった。

「典型的なアルコール依存症の症状が見られる。このままだと危険かもしれない」

儀藤は川代の少し前を歩きつつ、言った。

「それで、あなたはどうするつもりなのです？」

「何もしない。彼自身も言ってたでしょう。こうなったのは、自分の失敗なんだって」

「だから何もしない？」

「ええ。失敗は許せない」

6

湾岸エリアと呼ばれる一角にビルを構える大手出版社の待合室で、川代は儀藤と二人座っていた。待合室といっても、編集室の一角を、なぜか透明のアクリル板で仕切っただけという場所で、座りながら編集部の様子を眺めることができる。

とにかく人の動きが忙しない。ペーパーレスと言われて久しいが、ここには紙があふれている。これでも多分、以前よりは相当減ったのだろう。それでも紙はあふれ、紙が飛び交う。

いくつかの島に分かれたデスクには、険しい顔つきの男女が、携帯を片手に何事か怒鳴っている。その向こうでは数人がしかめっ面をして向き合い、ホワイトボードに向かって議論を戦わせていた。

こちらが向こうを見られるということは、こちらも向こうから見られるということでもある。

そんな忙しない仕事の合間に、皆がちらちらとこちらをうかがっていた。儀藤と川代の組み合わせはいかにも奇妙であるし、この場にはそぐわない。

居心地の悪さに背中がムズムズし始めてきたころ、スーツ姿の長身の女性が、さっそうとこちらに歩いて来るのが見えた。

三谷舞樹だ。白のシャツにベージュのパンツ、紺のジャケットをふわりとはおっている。細面（ほそおもて）で彫りが深く、兄の徹とはまったく似ていない。意志の強そうな目は父親仁之助の面影が強かった。

舞樹はノックとほぼ同時にドアを開け、川代たちが立ち上がって挨拶をする間もなく、向かいのソファに腰を下ろしていた。

儀藤はさっそく名刺をだし、差しだす。

「警視庁の方か……」

舞樹は名刺を手品師のようなスピードで奪い取ると、名前を確認することもせず、テーブルに置いた。

「それで？　私に何か？」

「お父上の事件の再捜査を行っているのです。それで……」

「当時の事なら、もう何度もお話ししました」

「しかし、船津文子氏が無罪となり、状況は大分に変わってきていまして……」

「安楽死とか何とか、私には一切、関係のないことですから。そもそも、父はもう余命幾ばくもなかったんです。放っておいても死ぬ者を、どうしてわざわ殺……いえ、安楽死なんてさせなくちゃならないんです？」

「それはですね……」

「ですから、私には関係のない事だと申し上げているのです。それに今さら、真犯人が見つかったところで、何が変わるって言うんです？　私はもう、そっとしておいて欲しいんです」

「お父上の介護は、あなたがすべてなさっていたそうですね？」

儀藤は食い下がる。その手の粘りだけは一級品のようだ。

儀藤の発した質問は、舞樹の何かに火をつけたようだった。彼女自身、誰かに聞いて欲しくて仕方のなかった事であったのかもしれない。

「うちの男共ときたら、まるで使い物にならない。だったら、私がやるしかないじゃない」

「仕事と介護の両立は、さぞ大変だったでしょう」

「大変なんてものじゃなかったわよ。夜はほとんど寝られないし、昼間はデイケアとかヘルパーとか使えるものはすべて使って。それでも、すべてを任せるわけにもいかない。結局、最後は家族に負担がくるのよ」

「当時、あなたには海外研修の話が持ち上がっていたそうですね」

舞樹が言葉を止めた。儀藤に上手く乗せられていた事に気づいたのだろう。

彼女は曖昧にうなずいてみせた。

「ええ。私の夢でもあったから」

「しかし、お父上の介護をしながら、研修に行くわけにはいきません」

右手の爪が、左手首の皮膚にぐっと食いこむのを、川代は見つめていた。

「何が言いたいの？」

「返事を保留されていた、ちょうどそのときでしたね、お父上が亡くなられたのは。結果として、あなたは介護から解放され、海外研修にも行く事ができた。あなたは出世し、今もこうしてあくせく……失礼、忙しく働いていらっしゃる」

川代はさらに、舞樹の顎のラインに注目する。奥歯を食いしばっているのが判った。

「私には動機があるとおっしゃりたいのね」

「失礼ながら、そういうことです」

舞樹が何か言い返そうとした時、彼女の携帯が鳴った。

「どうぞ、お出になって下さい」

舞樹は携帯を手に、逃げだすように部屋から出ていった。せっかくの主導権を、儀藤は簡単に手放してしまった。あのまま一気に詰めれば、彼女は何かを口走ったかもしれないのに。

儀藤は目をこすりながら、あくびでも噛み殺すように口元をムニャムニャと動かした。

「彼女に医療技術の知識はありませんが、あれだけのバイタリティだ。独学で身につける事は可能ですねぇ」

川代もうなずく。

「ネット通販関係の雑誌を手がけていたのだったら、詳しいお友達もたくさんいるでしょうね。筋弛緩剤を入手することも可能」

儀藤は大口を開けてあくびをした。もしかして、本当に眠いのか？

舞樹が前にも増して忙しない様子で戻ってきた。携帯はまだ繋がったままである。

「だから！　そのくらい自分で判断して下さい」

一方的に通話を切ると、憤然とした様子でソファに座った。前歯で薄い下唇を噛んでいる。

「ホント、嫌になる」

透明なアクリル板に向かって吐きだす。その向こうから、白髪交じりの中年男性が走ってくるのが見えた。ノックもせず顔をつっこんでくると、険のある調子で言い放つ。

「舞樹ちゃん、いつまでやってんの。早く来てくれないと、進まないよ」

舞樹は強ばった顔に精一杯の笑顔を浮かべる。

「すぐ……行きます」

「ったく、頼むよ」

ドアが音をたてて閉じられる。携帯を持つ手に力が入っている。指先が白くなるほどに。

また携帯が鳴り始めた。舞樹はじっと動かず、携帯はただ鳴り続ける。儀藤はそれをただ黙って眺めている。

携帯が静かになった。

舞樹の全身から、わずかに力が抜けた。その顔はやつれ、疲労がありありと浮かんでいた。

その事実に、本人だけが気づいていない。

「とにかく、私は父の死には関係していません。妙な詮索をされると迷惑です」

「最後に一つだけお願いします。あなたは三谷氏が亡くなられた当日、直前まで病室にいらっしゃいましたね」

「直前と言っても、四時四十分くらいまでです。まだ仕事が残っていたので、病院からここに戻りました」

「病室を出る直前に、筋弛緩剤を投与した可能性もあるのです。船津文子氏が無罪となったのであれば、次に機会があったのは、あなたになるのですよ」

「それなら、防犯カメラの映像でも何でもチェックして下さい。病院を出る私の姿が捉えられているはずです」

「残念ながら、事件は二年前。当時の警察は船津文子の捜査に傾注していたため、防犯カメラ映像の確認が遅れ、事件前後の映像は上書きされてしまったのです」

「それは、そちらのミスでしょう。根拠のない憶測だけで、人を疑わないで欲しいものです。今後、何か質問がある場合は、すべて弁護士を通していただけますか」

儀藤は弱々しく首を左右に振ると、声を落として言った。

「承知しました」

「もういいかしら？」

「はい」

舞樹は素早く立ち上がると、反り気味になるほど背筋を伸ばし、ぐっと正面を睨みながら部屋を出ていった。握りしめた携帯からは、再び着信音が鳴っている。

残された儀藤と川代は、同時に「ホッ」とため息をついた。

川代は遠ざかっていく舞樹の後ろ姿を見ながら言った。

「精神的に相当、追い詰められている。化粧で隠しているけれど、肌の色艶も悪い。あと、自傷行為が見られる」

「自傷行為？」

「爪を噛んだり、皮膚をつねったり、ひっかいたり。袖口から手首の傷がのぞいていた。傷が見えないよう服にも気を使っている。自覚はあるみたいだけど」

「しかし彼女は今の生活を変えるつもりはないようですねぇ」

「ああいうタイプは厄介だと思う。自分は強いと思っているから、弱音は吐かず、医者のところにも行かない。そんなことをする人間は負け犬だと思っているから」

「放っておくとどうなりますか？」

「最悪の場合もあり得る。でも、それはそれで仕方ない」

「仕方ない？」

「だって、それは彼女の問題。私は彼女の失敗に口を出す立場にない」

自分のデスクに戻った舞樹は、携帯に向かってまくしたてながら、目の前で指示を待つ部下に身振りで何事かを伝えている。

「行きましょう」

川代は立ち上がる。

7

儀藤の訪問を受けて以来、病院、徹の自宅、舞樹の職場と足を運んだ。まるで遊園地の遊具に乗っているような気分だった。肉体的にはかなり疲労しているはずだが、それを感じる暇すらない。

いま二人は、夕暮れが迫る公園にいた。既に子供や保護者の姿はなく、初秋のひんやりとした風が吹き始めた園内に人影はない。

滑り台の横にあるペンキの剝げかかったベンチに、儀藤は座る。少し間を空けて、川代も続いた。

儀藤がなぜこの場所に来たのか、ここで何をやろうとしているのか、説明は一言もなかった。

公園周りには銀杏の木々があり、黄金色に色付き始めている。その向こうに、かすかに赤い屋根が見えた。昼間訪れた三谷徹の家である。

「どうして、ここに来たんです？」

しびれを切らして、川代は自分から問うた。

だが儀藤は、いつもの粘着質な笑みを浮かべただけで、逆に尋ね返してきた。

「川代さんはこの事件、どう思います？」

質問に質問を返すなよと内心で毒づきながら、首を振る。

「よく判らない。今日の聴取で、三谷氏の子供二人に動機があったことは判った。病室で二人きりになった機会もあっただろうから、犯行も可能だったはず」

「あるいは、誰かに依頼したか」

「父親殺しを？　彼らにそこまでのネットワークがあったとは思えないけど」

「川代さんは、『死の天使』という言葉を聞いた事がありますか？」

「ある。たしか患者を何人も殺害した看護師につけられたニックネームじゃなかったかな」

「そうした事件は、世界で何件も起きています。そのたび、犯人にはその名前が与えられる」

「まさか、今、この日本に『死の天使』がいるとでも？」

「いないともいいきれない」

「バカバカしい。確かに、三谷氏の死は、『死の天使』の所業そのままだけど、あんなのは都市伝説みたいなものだ」

「例えばの話です。もし『死の天使』がいたとして、徹氏か舞樹氏がその人物の手を借りて父親を殺害したとしたら……」

「『死の天使』もタダでは動かないだろう。当然、報酬がいる。当時の三谷徹に、そんな余裕があったとは思えない。借金で自分の命も危ういほどだったのだから」

「そうなると、可能性が高いのは、舞樹氏の方でしょうか」

「それはあり得ると思う。仕事が生きがいで上昇志向も強く、そこそこ金もあり、また人脈もある」

「しかし舞樹氏の動機は、介護が仕事の妨げになっていたというものです。緩和ケア病棟への入院で、彼女の負担は減っていたはず。無理に死期を早めようとは考えないと思いますねぇ。それにこれは私見ですが、彼女の性格からいって、人を頼るような事はしないでしょう。やる気なら、自分の手でやるように思えます」

「その点については、同意見。でもそうなると、容疑者がいなくなる」

「そんなことはありません。一人残っていますよ。医療の知識があり、動機もあり、機会もあった人間が」

住宅街につかの間の静寂が下りた深夜、三谷徹の家にようやく動きがあった。裏手にある勝手口の扉が開き、パーカーのフードをかぶった男が、闇に紛れるようにして姿を見せた。

三谷仁である。彼は裏道伝いに、駅方向へと一人トボトボ歩いていく。深夜とはいえ、人通りがまったくないわけではない。向かいから人が来ると、仁はすっと路地に入ってやり過ごす。車がやって来ても、道端や路地に飛びこみ、ヘッドライトの輪を避けていた。

そんな風であるから、彼が何処に向かおうとしているのか、後をつける川代にもよく判らない。

駅が近くなり、終夜営業のチェーン店などが増えてくる。仁はフードを目深にかぶり直し、身をかがめながら今度は早足で進み始めた。

何なんだ、まったく。

川代も合わせて足を速める。そもそも、尾行など初めての経験なのだ。

『自宅から仁氏が出てきたら、後をつけて下さい。心配はないかと思いますが、くれぐれも、悟られないように』

そう命じたのは、儀藤である。どうして自分がこんな事までしなければならないのか。

当の儀藤は日が暮れると、川代を残しぷいといなくなってしまった。以降、何の連絡もない。

とりあえず、いまは儀藤の指揮下にいるわけであるから、上司の命令は絶対だ。

適当な距離を取りつつ、ほとんどの店にシャッターが下りている、駅前の通りを進んでいく。

仁が立ち止まったのは、駅まで二十メートルほどのところにあるコンビニの前だった。自動ドアの前でしばし逡巡し、意を決したように中へ入っていく。

川代は道を挟んだ向かい側に移動、店内の様子を探る。

仁は店内でもフードをかぶったまま、雑誌コーナーの周りをウロウロしている。

仁は昼間、リビングにいる川代たちの様子を廊下からうかがっていた。引きこもりといっても、自室からまったく出ないというわけではなく、自宅内そして近所の決まった店くらいなら、外出も可能ということなのだろう。恐らく、毎夜、人の少なくなるこの時間帯に、一人家を出て、このコンビニを訪れているに違いない。

儀藤が川代を三谷家の前に残したのは、これを予測していたからなのか。

仁は雑誌の立ち読みを始め、なかなか動こうとはしない。

刑事は待つのが仕事。

刑事の仕事のほとんどは無駄。

ドラマで聞いたセリフがよみがえる。

というか、自分は刑事じゃないし。

仁は何か目的がある様子もなく、狭い店内をぶらぶらと何度も回っている。川代は苛立ちを抑えきれなくなり、悪態が口をついて出る。

「まったく、何やってんだ」

傍を歩いていた中年男性がぎょっとして、こちらを振り返り、足を速めて歩き去った。

仁がペットボトルのお茶を手に取り、レジに並んだ。外国人の店員が手早く会計を済ます。その間も仁はうつむいたままで、おつりの受け渡しの時も、店員と目を合わせようとはしなかった。

ペットボトルを手に、仁は来た道を戻り始める。店にいたのは、きっちり三十分だった。日中、彼は部屋の中で何をしているのだろうか。二十代という貴重な時間が、自室とコンビニの中だけで完結してしまうとしたら、それはそれでとても悲しいことだ。

『息子も失敗作になっちゃった』

父親である徹はそう言っていた。

まだ結論をだすには早すぎるだろうが、このままいけば、仁は人生そのものに失敗するだろう。

でもそれは、仁自身にも責任がある。他人がどうこう言う事ではない。川代はいつものように、突っぱねようとした。失敗は許さない。

それが上手くいかない。前を歩く仁の小さな背中が、酷く哀れで悲しく、自分まで泣けてきそうだった。

失敗は個人の責任だ。だからこそ失敗を克服し、前に進む必要がある。川代は常にそう考え、周囲にもそうするよう要求してきた。

だが、失敗したままでいることが救いになることも、あるのではないか。

そもそも、失敗ってそんなに悪いことなのだろうか。

混乱する。慣れない仕事を押しつけられ、奇妙な男に一日中引っ張り回されたせいだろう。意気揚々と引き受けた死神の相棒だが、やはり一筋縄ではいかないようだ。

気合いを入れ直そうと大きく息を吸ったとき、目の前から仁が消えていることに気がついた。どこかの路地に入ったようだ。

慌てて最初の路地をのぞくが、人影はない。路地の先は大きくカーブしていて見通しが利かない。この道を歩いていったのか、それとも、次の路地を曲がったのか。

川代は目の前の路地を駆けだした。カーブを一気に抜ける。見通しのよい直線道路に出たが、仁はいない。

間違えたか。

しかし、慌てる必要もないだろう。彼の行き先は自宅に決まっているのだから。

「あっ」という悲鳴が聞こえたのは、そのときだった。しかし、どこから聞こえたのか判らない。周囲は寝静まった住宅街だ。街灯がぼんやり灯るだけで、ほとんどが闇に沈んでいる。

川代はいったん道を戻り、一本先の路地へと走る。そこに入り、さらに駆ける。左手に小さな公園が現れた。夕方儀藤と話をした公園とは、別のところだ。奥の砂場で、二つの人影がもみ合っていた。やがて一方が砂の上に倒れこむ。仁だった。彼の前には、黒い人影が仁王立ちとなって立ち塞がっている。

影は右手に何か小さなものを持っているが、離れすぎていて特定できない。

仁はもはや反撃する気力もないようで、ただ呆然と迫り来る影を見上げていた。

「そこ、何をしている！」

川代は叫んで駆けだした。自分こそ、いったい何をしているのだろう。よく判らなかった。援護もなく、正体不明の相手に突進するなど、絶対に避けるべきなのだ。もし、武器を手に向かってきたら……。

走りながら、血の気が引いていくのが判る。それでも、足は止まらない。

人影がさっと身を翻した。顔はかぶり物をしていて判別できない。ロングコートのようなものをまとっているため、男女の区別もつかなかった。ただ一つ、街灯に一瞬照らしだされた、相手の右手。そこに握られた注射器だけが、視認できた。

影は公園の手すりを乗り越えようとする。ダメだ、追いつけない。

歯ぎしりする川代の頰を、何かがかすめて飛んでいった。

暗闇にオレンジ色の花が咲いた。前を行く人影の右肩に蛍光塗料と思われる液体が飛び散っている。

防犯用のカラーボールか。賊は一瞬、速度を緩めたが、手すりを軽快に乗り越えると、再び速度を上げ、道の向こうに消えた。

川代は重い足を引きずり、砂場へと戻る。仁は先と同じ姿勢で、へたりこんでいた。

川代は膝を突き、大きく喘いだ。

全力疾走だなんて……。夜風はひんやりと肌寒いほどだったが、流れ落ちる汗を止めてはくれない。

ハンカチで汗を拭い、呼吸を整え、膝に走る痛みに耐えながら身を起こす。仁は相変わらず、尻餅をついたままの姿勢だ。

携帯を取りだし、砂場の写真を撮る。砂には犯人の足跡がくっきりと刻まれていた。見たところ、市販品のスニーカーのようで、手がかりとなる可能性は限りなく低かったが。

シャッター音に混じって足音が聞こえる。

「儀藤警部補」

川代は携帯をしまうと、がに股でヒョコヒョコと歩く小男に声をかけた。

「いやぁ、見事な迫力でした」

「見ていたのなら、援護して下さい」

「援護ならしましたよ。防犯ボール、見事、命中したでしょう?」

「遅すぎる。逃走を図る前に、投げて欲しかった」

「次は気をつけます」

「次なんてない!」

声を荒らげてはみたものの、この程度で堪える相手でないことも判っている。川代は肩の力を抜き、仁を見下ろす。

「相手の顔、見た?」

仁は首を左右に振る。

「襲われる心当たりは?」

シクシクと泣き始めた。川代は苛立ちのため息をつく。

「こんな事で泣いててどうする。しっかりしなさい!」

「見知らぬ暴漢に襲われた事を、こんな事呼ばわりはどうかと」

「儀藤警部補は黙ってて!」

「はい」

「仁君、とりあえず立って。向こうのベンチで話そう」

ほかに目撃者はおらず、通報もされていないようだった。

仁はノロノロと立ち上がり、夢遊病者のような足取りでベンチに向かう。

ペタンと硬いベンチに尻を落ち着けた仁の顔は、まったくの無表情だった。

いったい何が、彼をここまで追い詰め、無気力にさせているのだろう。

川代はしゃがんで、仁と視線を合わせた。

「私たちが何者なのか、もう知ってるね？」

仁はうなずく。

「言うべき事があるのなら、今、この場で言いなさい」

仁はモグモグと意味のないつぶやきを繰り返しつつ、右足を小刻みに一定のリズムで動かしている。無言で向き合う時が延びれば延びるほど、彼と川代の距離は隔たっていく。どうにかしなければ。でも、かけるべき言葉がない。

儀藤の声が、ふわりと二人の間に入ってきた。

「三谷氏の容体が急変する直前、病院に電話をしたのは、あなたではないのですか？」

仁の表情が変わる。固く戒められていた鎖が解かれ、安堵の光が差しこんできたようだ。

儀藤の言葉が事実であると、その表情がすべて物語っていた。

儀藤はしゃがむ川代の背後に立ち、そっと仁の顔をのぞきこんだ。

「なぜ、そんな事を？」

仁がようやく、言葉をしぼりだした。

「祖父を安楽死させてくれって、頼んだから」

「頼んだとは、誰に？」

「『死の天使』と名乗る匿名のメールがきたんです。そこに、祖父を安楽死させてやるって書いてあって……」

「君は、その申し出を受けた」

「ええ」

「報酬は？」

「いらないと。これはあくまでボクたち家族の救済だと。だからボク、承諾したんです」

呆れ果てるよりほかにない。

「わけが判らない。見ず知らずの者から突然、送られてきたメールだろう？　それに承諾するって……」

「ボクも初めは無視していました。質の悪いイタズラだろうって。でも、次のメールにあるデータが添付されていたんです」

「データ？」

唇の色を失い、仁の目は虚ろな穴と化していた。それは、たったいま襲撃を受けた恐怖によるものだけではない。彼はある一線を越えようとしているのだ。

「過去三年間、病院で亡くなった方のデータでした。亡くなった病院、氏名、年齢、死亡日時、克明に記してありました。その後には、その方の葬儀の様子を撮影した画像まで。全部で七人。全員、『死の天使』である自分が殺したとメッセージがついていました」

「待って、待って。それはその……」

「驚いて、ボクなりにいろいろ調べました。一応、医学部にいたので、ある程度の知識はあります。病院に遺族の名前を使って直接、問い合わせもしてみました。七人とも、病院で病死されたことになっています」

川代は苦笑する。

「そんなの、本当に病死した患者さんのデータにメッセージをつけただけだ。そうに決まっている。本当に殺した証拠はないわけだから」

「その後、もう一度メールがきました。今度は動画が添付されていました。それには……」

仁の顔が嫌悪に歪む。川代には、その動画が何であるのか、薄(うっす)らと想像がついた。

「もしかして、薬物投与の瞬間を自撮りしていたとか？」

仁はうなずく。

「ええ。二人分の動画がまず送られてきました。映っているのは手袋をした手元だけで、顔はまったく見えませんでした。性別も判らなかった。でも、それが本物であることは、ボクには判りました」

「それで、本物と確信したんだ」

「『死の天使』は実在する。そして、じいちゃんを楽にしてあげようとボクに言ってきている。今から考えると、どうしてそんなことしたんだろうって、思います。でもその時は……」

魔が差した。気の利いた言い方をすればそうなるのだろう。

「承諾したら、いろいろと質問事項が送られてきました。じいちゃんの病状や回診の時間や家族が見舞いに行く時間、飲んでいる薬……。全部答え終わると、決行する日付が返信されてきました。でもその日になったら、ボク、怖くなって……」

「病院に電話をした」

「でも、間に合わなくて。じいちゃんを殺したのは、ボクなんだ……。じいちゃんがいなくなれば、父さんとおばさんも、少しは幸せになれるのかなって……」

ぐずぐずと鼻水をすすりながらの告白に、川代はただただやりきれなさを感じていた。

父親から失敗の烙印を押された青年の行き着いた先が、底なし沼のような地獄だったとは。

何てバカなことを……。その言葉を飲みこみ、川代は仁の肩にそっと手を置いた。

「ボクはこれからどうすればいい？」

仁の問いに、明確な答えを見いだせない川代だった。

「警察にすべて話すこと。それしかないと思う。それから、『死の天使』から送られてきたメールやデータはまだとってある？」

仁はうなずくと、声を上げて泣き始めた。川代はその場をそっと離れ、儀藤に近づく。

「カウンセリングが必要ね。しばらくは目を離さない方がいい。警察に引き渡すまで、私がついてる」

「『死の天使』の尻尾を摑みましたねぇ」

「判らないことはいくつかある。データを送りつけるなんて、不用意すぎると思わないか？」

「安楽死に同意した時点で、データの所有者と『死の天使』の間には共犯関係が成り立ちます。通常、データが他人の手に渡る確率は低い。実際、前の七件では上手くいっていた」

「天使というよりは悪魔だな。だけど、肝心の正体については判らないままだ。容疑者は無限にいる」

儀藤は意味ありげな、暗い笑みを浮かべる。

「そんなことはない。我々は犯人に近づいていますよ。彼が襲われたのが証拠です。犯人は、我々が動き始めた事を知り、仁君の口を封じようとした。あるいは、彼を自殺に見せかけて殺害、すべての罪をかぶせようと目論んだか……」

「犯人の手に注射器らしきものを見た」

「眠らせたうえで、ビルの屋上から落とす。そんなところでしょうか」

「儀藤警部補、あなた、まさか仁を囮にしたのか？　焦った犯人が、彼を襲うかもしれないと……」

「ご想像にお任せします」

「あなたって人は……」

「しかし、おかげで真犯人の目処がつきそうですよ。犯人は我々が再捜査を始めたことを知り、仁君を襲った。我々の捜査は警察内部のごく一部しか知りません。つまり、今日、我々が会って話した中に、犯人はいるのですよ」

「会って話した……？　そんなバカな。じゃあ三谷殺しの関係者の中に『死の天使』が!?」

「その可能性は高いと考えます」

「だけど、その条件に当てはまるのって、徹と舞樹の二人くらいだ」

「二人には尾行がついていましてね。ああ、嫌われ者の私にも、味方がいるのです。ごくごく少数ですがね」

儀藤の携帯にメールの着信があった。それを一瞥し、儀藤は一人うなずく。

「では最後の仕上げと参りましょうか」

8

エレベーターが昇り始めた途端、耳がキンとした。デジタル式の階数表示が、猛烈なスピードで数を増やしていく。三十七で止まり、ドアが開く。

エレベーターホールの両側はガラス張りであり、都心が一望できる。秋晴れの澄んだ空気の中、青い空がどこまでも広がっていた。

行き交うのはスーツ姿の男女であり、皆、まっすぐ前を見てきびきびと歩いていく。

「何とも、活気がありますねぇ」

儀藤が間延びした声で言う。

「我々の活気がなさ過ぎるだけなのでは？」

川代の答えに、儀藤はいつもの粘着質な微笑みで答える。

地上四十三階建ての高層オフィスビル。案内板に並ぶ企業名は、どれも一流である。

その三十七階に、福光万太郎法律事務所はあった。ワンフロアすべてを借り切り、法人、個人、民事、刑事、どのような事案にも対応できる人材を揃えた、日本で一、二を争う巨大弁護士事務所である。

エレベーターホール正面には、ホテルのチェックインカウンターかと見まがうほどの受付があり、ひっきりなしにやって来る顧客に、数人の女性が対応していた。

儀藤はその一人にヒョコヒョコと近づいていくと、何とも薄気味悪い声できいた。

「万太郎氏はいらっしゃいますかぁ」

「は?」

百戦錬磨と思われる女性も、さすがに虚を突かれたようだった。

「万太郎氏です」

「万太郎と申しますと、当所の福光万太郎の事でしょうか」

「そう。その万太郎氏」

「福光は、申し訳ありません、本日は……」

「会議室にいることは判っています。私は死神といいます」

「は?」

「それはあだ名でして、儀藤です」

「ええっと、お名前が死神様で、あだ名が儀藤様」

「いえ、逆です」

「おや死神さん」

カウンターの後ろにあるドアが開き、福光が顔をだした。受付の女性は、完璧な微笑みを張りつけたまま振り返り、自身の雇い主に告げた。

「死神様がご面会を希望されていらっしゃいますが」

「福光は留守だと言ってくれ」

「かしこまりました」

女性はこちらを振り向き、微笑んだまま言った。

「申し訳ありません、福光はただいま、留守でございまして……」

「では、呼び戻していただきたい」

儀藤は女性の鼻先に名刺を突きつけた。

「警視庁の方から来た者なのでね」

福光は苦笑して手招きをした。

「入りなさい。まったく、後で塩をまかないと」

儀藤と川代は大きなカウンターをぐるりと回りこみ、奥にある小さなドアから、中に入った。

小さなドアの向こうには広々とした空間が広がっていた。学校の教室ほどで、会議用の机と椅子が整然と並んでいる。

正面にはプロジェクター用のスクリーンとホワイトボードがあり、その前に福光が立っていた。最前列のデスクには、船津文子が一人、ぽつんと座っている。

福光が大仰に両手を広げて言った。

「ここは我が福光法律事務所の中枢でね。重要案件の討議や研修、私の講演などに使われる」

「そんな場所にわざわざお通しいただけるとは、光栄ですねぇ」

「ほかの部屋が全部埋まっているから、仕方なく通しただけだ」

「商売はご繁盛のようですねぇ」

「おかげさまで」

「船津さんの裁判で、さらに名を揚げたようですね」

「警察から一般市民を守るのが、私の仕事だからな」

「あなたが言う一般市民とは、そこにいらっしゃる船津さんの事ですか、それとも、無残にも殺害された三谷氏の事ですか」

　船津文子の体がかすかに震えた。

　福光の表情がとたんに険しさを増す。

「言葉に気をつけ給え。三谷仁之助氏を殺害した真犯人を見つけたというから、船津さんにも来てもらったのだ」

「これは失礼しました。ですが、丁度よいので、船津さんにも聞いていただきましょう。実は今回の事案で私が注目したのは、『失敗』です」

　儀藤は横目でちらりと川代を見た。

「人は常に失敗をします。完璧な人間など、この世には存在しませんからねぇ」

「回りくどいな。何が言いたいんだ？」

「人は皆、失敗をする。ただ失敗をしたときの行動は、人によって大きく違います。失敗から何かを学び取り飛躍するか、失敗から目を背けそこから逃げだすか」

「死神のくせに、えらくまっとうな事を言うじゃないか。ここは警察学校じゃないぞ」

「昨夜、三谷仁氏が何者かに襲われました」

「聞いているよ。『死の天使』を気取る者に、仁之助氏の殺害を依頼したことも」

「もしかして、彼の弁護もお引き受けに？」

「私は船津さんの弁護士だからね。さすがに引き受けるわけにはいかなかった。しかし、金銭的援助はさせてもらうつもりだ。友人でもっとも頼りになる弁護士を紹介した」

「犯人は、仁氏を殺害するつもりであったようです。我々が再捜査を始めたので焦ったのでしょう」

福光は腕を組み、芝居がかったジェスチャーを交えて言った。

「犯人は何としても捕まえてもらいたい。警察の責務だ。三谷家の人々のため、そして、船津文子さんのためにも」

文子はどこか申し訳なさそうにうなずく。

一方の儀藤は、太い眉を段違いにして、福光を上目遣いに睨む。

「ところで、犯人はどうやって我々の事を知ったのでしょうか」

「ん？」

「我々の事を知るのは、警察でもごく一部の者だけです。マスコミも報道などしない。にもかかわらず、犯人は知っていたのです。これは、おかしいと思いませんか？」

「それは……たしかに」

「昨日、私はこの川代さんと共に、何人かの関係者と会いました。そして、再捜査を始めると告げた」

福光の目が見開かれる。

「まさか、その中に犯人が!?」

「三谷家と基本的に利害関係のない病院の関係者などは外すとして、大いに疑わしいのは二人」

「三谷徹君と舞樹さんだな」

「仁之助氏の死で利益を得て、しかも、再捜査の事も知っていた」

「しかし……信じられん」

「一つ、あなたに伝えたいことがあるのです。昨夜、仁氏が襲われた時刻、徹氏と舞樹氏には監視がついていていたのです」

「何だって?」

「警察に私の頼みを聞いてくれる者はおりませんが、まあ、深く頭を下げれば動いてくれる者もおるわけで」

「噂によれば、死神さん、あんたは上層部の弱味をいろいろと握っているそうだな。そのカードを切りながら、組織内部で上手く立ち回っているとか」

「とんでもない。そんなのは、根も葉もない噂ですよ。私、儀藤は、弁護士事務所の受付の女性にすら軽んじられる、取るに足らない男なのです」

「相変わらず、卑屈な物言いをする。で、監視の結果は？」

「お二人とも、アリバイが確認されました」

福光は首を傾げる。

「すると、おかしなことになる。君の推理通りなら、犯人は徹君か舞樹さんのどちらか。その二人にアリバイがあったということは、君の推理が根本から間違って……」

「いいえ」

儀藤がピンと右手の人差し指を立てた。たったそれだけなのに、儀藤の凄みが増したように感じられる。川代は背筋にうそ寒いものを覚えた。

「実は、今回の事件でもう一人、失敗した者がいるのですよ。大きな、取り返しのつかない失敗をした者がね」

「誰だ？」

儀藤は指を立てたまま、福光にゆっくりと近づいていく。奇妙な圧力に、福光はジリジリと後退する。

「お、おい、何のつもりだ。止めろ。第一、私は何も失敗なぞしていない」

儀藤はニンマリと笑った。

「ご安心下さい、あなたは失敗などしていない。今のところはね」

向き合った。

儀藤は体の向きを変えると、ポカンと口を開けたままでいる福光に背を向け、船津文子に

「今のところ？」

「あなたは昨夜、どちらに？」

「わ、私は……ホテルにいました。福光先生が用意してくれたホテルに」

「あなたにも刑事の監視はついていたのですが、ホテルは個人宅と違い、出入口が多くあります。密かに外に出る方法はたくさんありますから」

「そ、そんなことを言われても、私は……」

「実を言いますと、仁氏が襲われた直後、監視の刑事が、ホテルを通して、お部屋に電話をしているのですよ。記録もちゃんと残っています。あなた、お出になりませんでしたねぇ」

文子はうつむいたまま顔を見せず、椅子に腰を下ろしたままくぐもった声で答えていく。

「寝ていたので、気がつかなかったのだと思います」

儀藤は押し黙る。対する文子は、うつむいたまま、言葉を継ぐ。

「これはいったい、何ですの？　まるで私が三谷仁さんを襲ったかのように……」

「船津文子さん、逃げ得は許しません」

儀藤は人差し指を立て、文子に突きつける。

「三谷仁之助氏を含む八人を死に追いやった『死の天使』はあなただ」

文子がようやく顔を上げた。充血した目で、憎々しげに儀藤を睨みつけている。

「何を言うの！　私は冤罪の被害者よ。裁判の結果、無罪判決が出た」

「正直言いまして、今回の事件は手がかりも乏しく、洗い直す証拠もほとんどありませんでした。そこで私は真犯人の動揺を誘うため、医学の心得のある相棒と共に、関係者の間を派手に動き回りました。案の定、犯人は焦り、仁氏を襲った」

「そんなこと、私には関係ない！」

「あなたは今まで、『死の天使』として、多くの人々を安楽死させてきた。今回も今までと同様、誰にも疑われず、三谷氏を殺害できるはずだった。ところが、あなたは失敗した。そう、失敗したのは、被害者の家族たちや捜査側の人間だけではなかったのです。一番大きな失敗をしていたのは、ほかならぬ犯人だったのです。そして……」

儀藤はくるりと福光を振り返る。

「あなたが犯した大失敗、お判りですかなぁ」

プライドを一瞬で叩き潰された福光は、壁に手をつき、ただ呆然と成り行きを見守っていた。

儀藤は得々として続ける。

「第一の失敗は、仁氏の電話です。その電話のため、あなたの犯行は発覚してしまう。第二の失敗は目撃者です。それによってあなたは犯人として逮捕されてしまった。しかしあなたは、そんな失敗にもめげなかった。何とか失敗を取り戻すべく、必死に考えた。そして、いったん犯行を認め、裁判でそれを撤回、福光という優秀な弁護士を雇い、見事、無罪を勝ち取った」

福光の顔は蒼白だった。百戦錬磨の弁護士をもってしても、儀藤の推理は衝撃であったようだ。

「船津さん、あんた……まさか……」

「とんでもない」

文子は涙を流していた。

「福光先生に疑われたら、私……どうすればいいのか」

福光はその言葉を受け、幾分、迷いの見える表情で儀藤を睨んだ。

「おまえの言う事は、すべて推論だ。船津さんが犯人だと言うのなら、証拠を見せろ」

「こちらにいる私の相棒が、仁氏が襲われた現場を目撃していました。それによれば、襲撃者は手に注射器を持っていたとか」

儀藤の目配せを受け、川代は後を続ける。

「慣れていても、注射器の扱いには慎重になるものです。犯人は手袋をしていたかもしれませんが、その瞬間だけは、手袋を外していた可能性がある」

いつの間にか、文子のすすり泣きが止まっていた。川代はさらに続ける。

「犯人は私の声に驚き、注射器を持ったまま逃走しました。ただ、その時にこちらの相棒儀藤警部補が防犯用のカラーボールを投げました。それは犯人の右肩付近に当たり、液体が飛び散った」

儀藤が文子に近づき、流麗な動きでそっと右手に自身の手を添えた。

「あの液体は一度付着すると簡単には落ちません。衣服についたものは、脱いで捨てれば良いですが、肌についてしまうと、なかなか。特に、爪の間などは……」

儀藤が差し上げた文子の右人差し指の爪には、微かなオレンジ色の痕跡があった。

「これについて、事情をおききしたいですねぇ」

文子が手を振りほどいた。もはや目に涙の痕跡はなく、どこか清々した様子すら見られる。

「もういいわ。面倒くさい」

「船津さん……？」と福光が声を上げる。文子は陰険な微笑みを浮かべつつ、吐き捨てる。

「福光さん、あんた、けっこう賢いつもりでいるようだけど、私にしたら、傲慢でいけ好かない、男としては最悪の類いよ」

「あ、あんた、何を言っている？」

「こっちの小男の言う通り。あんたは見事に、失敗した。弁護士としてね」

文子は甲高い声を上げて笑う。

「死神さん、あんたには負けたわ。でもあんた、一つ忘れてない？ 三谷仁之助殺しについて、私には無罪判決が出ている。いまさら、逮捕はできないと思うけれど」

「三谷殺しについては、おっしゃる通りです。ただ、残りの七件については、これから調べが始まりますのでねぇ」

文子は、額をペシリと叩く。

「そうか、仁ね。彼がデータを提供したわけか」

「警察の徹底した捜査が始まるでしょう。病死という見解が覆され、その日、その時刻、付近にいた者が洗い直される。捜査の手があなたに及ぶのは、時間の問題でしょう」

文子は観念したかのように、「ふっ」と息をついた。

「逃げ得は許さない……か。たしかにね」

そんな彼女の態度に、川代は違和感を覚える。周到に七人を殺害、思いがけぬ失敗により八人目で正体が露見した。そんな「死の天使」が、こうもあっさりと犯行を認めるものだろうか。

文子がそんな川代の態度に気づいた。

「死神さん、あなたの相棒、何だか不満そうよ」

儀藤は背を丸めたまま、横目で川代に視線を送ってくる。

「さすが、私の相棒です」

それは、どういう意味だ？　川代は必死に考えを巡らせる。

こうした捜査で、もっとも重要視されるもの。それは何だ？　動機だ。

文子が八名を死に導いたのは、間違いない。だが、なぜ？

儀藤が言う。

「ききたいことがあれば、きいておいた方がいいですよ。今のうちに」

では、お言葉に甘えよう。

「なぜ、八人も殺したんだ？」

文子は笑う。

「私の信念よ。人には死ぬ権利もある。老いさらばえて、病院のベッドで惨めに悶(もだ)えながら生き続ける。それを望まない人だっている」

「あなたは患者本人から了解をとったわけじゃない。家族や関係者に安楽死を持ちかけ、患者や病院の情報を提供させ、殺害に及んだ。そんなのは、ただの人殺しだ」

「何とでも言いなさい」

「ではなぜ、その八人だったのだ？　病院のベッドで惨めに悶えている人は、たくさんいる」

「私は天使なの。神じゃない。全員の面倒なんてみられない」

「やっぱり納得できない。そんな悪魔的な信念に取り憑かれた者が、簡単にあきらめるわけがない。仁を襲ったのだって随分と迂闊な行動だ。もしデータが警察の手に渡ったのなら、姿を消せばいい。仁の前に現れ、殺そうとするなんて――」

「ごちゃごちゃうるさいな。私は罪を認めた。さっさと逮捕でも何でもすればいい」

文子の発した言葉は、川代にある明確な閃きをもたらした。

「逮捕でも何でもすれば？　あなた、今、そう言ったね。まさか……それが目的？」

儀藤が手を叩く。その音さえ、粘っこく聞こえるのは、なぜだろうか。

「お見事ですよ、川代さん。船津文子さん、あなたの目的は達成されつつある。もう我々に話してくれてもよいのではないですか」

「死神ってのは、何でもお見通しなのね。いいわ。数年前に、無差別殺人があったでしょう。被害者の中に、私の息子がいたのよ」

「えっ」と声を上げたのは、福光だった。文子は冷たい笑みを浮かべる。

「十代で産んだ子でね。施設に預け、養子にだした。引き取った両親も、息子当人も、私の事は知らなかった。でも、私は見てたのよ、息子の成長をね。遠くから」

文子の全身から激しい殺意がほとばしる。その切っ先が向く先は――。

「無差別殺人の被害者の中に名前を見つけた時は、気が違いそうになった。でも、名乗り出ることはできない。やっぱり、遠くから見ているしかなかったのよ。そして、どこかの金にうるさい俗物の弁護士が出てきて、犯人を無罪にした。そんな事、許せるわけないでしょう？」

儀藤は文子の放つ殺気にはとんと無頓着な様子で、鼻の頭を掻きながら、間延びした声で夕食の献立を尋ねるような調子できく。

「当の犯人は自殺したんでしたね。もしかして、あれも？」

「想像に任せる。そこまで、認める気はないね」

「実行犯がいなくなったわけですから、次は……」

儀藤の目が、福光を捉える。壁にもたれかかり、唇をわななかせる福光に、先までの尊大さはない。

「バカな……私はただ仕事を……しただけ」

「仕事が聞いて呆れる。自分の名前と金。あんたはその二つでしか動かない。今回の事はすべて、あんたを陥れるための計画だった」

文子の自供は、すべて川代の推理通りだった。それでも、それが真実であるとは、にわかには信じられない。

「じゃああなたは、福光弁護士の名誉を失墜させるためだけに、八人を殺したと？」

「そうよ。先の七人は誰でもよかった。適当に選んだのよ。三谷仁之助に関しては、徹底的に調べたわ。世間の注目を集める程度の大物でないと、意味がないから」

「死の天使」に翻弄されてきた三谷家の面々が脳裏に浮かんだ。何と哀れな一家だろうか。

文子は続ける。

「仁之助を殺した後、私はわざと失敗して、逮捕された。そして福光に助けを求めた。世間の耳目を集める案件だったから、こいつは喜んで飛びついてきた。そして一生懸命、働いてくれた」

文子はまた、高らかに笑う。

「そして無罪を勝ち取ってくれたの。本当は、私が殺したのにねぇ」

福光は頭を抱え、ズルズルとその場に崩れ落ちた。

「何ていうこと……」

「弁護士さん、あんたはね、『死の天使』を無罪にしちゃったんだよ。八人殺した極悪人を、無罪にした。しかも、三谷仁之助殺しではもう裁けない。あんたの評判は地に落ちる」

文子の狙いは、ただ一つ、福光の社会的抹殺だった。

文子は儀藤に向かって言った。

「死神さん、私はすべての罪を認める。華々しい裁判になるでしょうね」

「まさに命がけの復讐というわけですか」

「ええ。もう思い残すことなんて、ないからね」

「むふっ」と儀藤が笑う。底意地の悪さを感じさせる嫌な笑い方だった。

「それはどうでしょうかねぇ」

文子の顔から笑みが消えた。

「むふっ」また同じような笑い声がした。だがそれは儀藤が発したものではない。

川代は振り返る。壁際に座りこんでいる福光だ。口元から白い歯がのぞいていた。

「恐れ入りましたよ、船津文子さん。この福光、すっかり騙された」

彼は「ほっ」とはずみをつけて立ち上がった。

「強がりは止めるんだね。あんたはもうお仕舞いだ。このご立派な事務所ともお別れだね」

「そうですなぁ。さすがにここは撤退せざるを得ないでしょう。従業員たちの再雇用先も見つけないと。ただ、そんなのは、何でもないことだ。二年、いや三年かな、私はまたここに戻ってくる」

「負け惜しみを」

「そんな風に見えるか？　この私が」

福光は胸を張り、両手を大きく広げて笑う。その姿は堂々としており、何より、輝いていた。

「あんたに騙され、私は社会の批判にさらされる。それで私が泣き崩れ、絶望するとでも思っていたのかね。たった一度の手痛い失敗なぞ、何でもない。一つ言っておく、私の仕事は人を無罪にすることだ。本当のところがどうなんて、どうでもいい。無罪にするんだ。儀藤さん風に言うなら、逃げて得をさせるのさ」

福光は文子に笑いかけた。

「バカなことをしたものだ。あんたは七人の殺しで裁かれる。私はまた、明るく楽しく明日を生きる」

文子の体から、何かが剝がれ落ちていくのが判った。がっくりと膝を突いた彼女は、もはや抜け殻だった。

福光が儀藤ばりの粘っこさで言った。

「あんたの弁護は、もう引き受けないよ」

9

城南病院駐車場脇のベンチで、川代は缶コーヒーを開ける。病院側が用意した部屋は、いまだ蛍光灯が切れたままであり、結局、最後まで役に立たなかった。

川代は携帯のニュース映像に目を落とした。文子を車で拘置所へと移送する様子が映っていた。道ばたには多くの一般人が群がり、警官たちの制止などものともせずに怒号を張り上げていた。中には卵を投げる者もいた。

画面が変わり、福光弁護士の顔が大写しとなる。都心の弁護士事務所を閉め、埼玉の外れに小さな事務所を開いたと報じられていた。押し寄せる記者たちに狼狽えるそぶりもなく、福光は「いやあ、今回の件は失敗でした」と自身の額をペチンと叩いてみせた。

「この福光って弁護士、ただ者じゃない」

川代の横で目をしょぼつかせていた儀藤が、間延びした声で言う。

「政界にも顔が利くようですから、彼にとってマスコミなんて蠅と同じなのでしょう」

「彼と儀藤警部補は似た者同士、いや、相似形、双子の兄弟？　そんなイメージ」

「あんなのと一緒にしないで下さい。それよりも、徹氏は施設に入所したらしいですね」

「舞樹さんが手続きをしてくれた。彼女自身もカウンセリングを始めてくれたし、まずは一段落」

「正直、あなたがそこまでするとは意外でした。他人の失敗は許せなかったのでは？」

「もちろん、今でも許せない。ただ、失敗も無駄ではないのかなと、ちょっと思ってる」

川代はコーヒーを飲み干し、空になった缶を握りしめる。表面がかすかにへこんだ。

「福光……あんなメチャクチャなメンタル見せつけられると、私もまだまだだなって思う。だけど、どうも警視庁に私の居場所はないっぽいんだな」

儀藤が幽霊を思わせる陰の手つきで、白い封筒を差しだしてきた。

「なに、これ？」

「中身は後でご確認下さい。あなたの上司である鑑識課長の……まぁ、ちょっとした秘密が入っています。これはまあ、儀藤個人の礼でもあります。もちろん、こんなものに頼らず……」

川代は封筒を引ったくった。

「もちろん、有効に使わせていただく」

これであの課長をぎゃふんと言わせてやる。そして、今の職場に踏みとどまるのだ。すぐにメソメソするあいつを、自分の代わりに大学にやってしまおう。

「川代警部、ずいぶんと晴れやかな顔ですよ」

「ええ、今日はとっても気分がいい」

青い空の下、川代は大きく伸びをした。

死神 対 亡霊

1

宇佐見一成が部屋に入ると、皆の雰囲気ががらりと変わる。ベテランの刑事たちはあからさまに目をそらし、同僚たちは幾分の後ろめたさを見せながらも気づかぬそぶりをし、若手たちは軽蔑の視線を遠慮なく向けてくる。

そんな者たちの間を縫い、宇佐見は中ほどの椅子に腰を下ろした。

赤坂西警察署に置かれた、外国人による連続窃盗事件捜査本部の会議室である。都心部を中心に区をまたいで荒稼ぎしている外国人窃盗グループ摘発に向けて編成された、特別チームだ。宇佐見が所属する警視庁捜査三課を中心に、各所轄から窃盗犯係の精鋭を借り集め、組織犯罪対策課とも連携、日夜、捜査に当たっている。

熱気あふれる本部の中で、組む相手のいない宇佐見だけがポツンと浮いていた。捜査は二人一組が原則だ。相手がいなければ、外には出られない。しかし、中にいたからといって、する事はない。一日、ぼんやりとしているだけだ。誰とも口をきかず、情報も貰えず、ただその場の空気をどんよりと濁らせている。

会議が始まるまであと五分。自分より遥かに若い三課長が、怒りに燻されたような顔で近づいてきた。トンと右手の人差し指をデスクに置くと、顔を伏せたままの宇佐見にささやいた。

「おまえは、もういい」

声は聞こえずとも、課長が何を口にしたのか、周りの者には判っていた。彼らから棘がなくなり、弛んだ空気が広がっていく。

宇佐見は椅子を引き、立ち上がる。課長の顔を見る気にもなれない。無言のまま踵を返し、来た道を戻っていく。皆の視線を感じる。

終わりかな、さすがに。

キンと冷えた廊下を階段の方に進む。すれ違う者たちは、目を合わせようともしない。一枚岩の組織というものは、実に容赦がない。宇佐見はつい、笑みをこぼしてしまった。

階段を一人上り、屋上に出た。かつては喫煙所代わりとなっていたらしく、崩れた吸い殻がそこここに転がっている。署内での喫煙が禁じられてからは、もう訪れる者もいないようだ。

冷たく乾いた空気を頬に受けながら、屋上を横切り、柵に手をついた。

署は六階建てだ。本当はもう少し高い方がいいんだがな。

宇佐見は柵を乗り越える。ひらりと軽快に越えられればよかったが、五十を超え、もはや足を高く上げることさえ難しくなっている。胸の高さほどの柵を、足をジタバタさせながら、何とか越えた。

真下は駐車場だ。正面玄関の真裏に当たり、通りからも死角になっている。一般人に目撃される心配はないだろう。

人生の大半を警察官として生きてきた。無様な姿を一般市民に見られることには、抵抗があった。ここまで追いこまれても、警官というプライドは捨てられない。

一方で、警察組織への恨みも深い。この場所で決行するのは、当てつけだ。署長も三課長も巻き添えにしてやる。捜査本部で俺を見ていた者全員の心に、刻みこんでやるのだ。

遺書はなし。そんなものを残したところで、体よく握り潰されるに決まっている。

さて……。

宇佐見は屋上の縁に立つ。六階とあなどっていたが、かなり高い。吸いこまれてしまいそうだ。

あと一歩、いや半歩で……。

「あのぅ」

「うわぁ」

突然の声に、宇佐見は飛び上がる。その拍子に、体が前にのめった。遥か下方にコンクリートの地面が見える。停車中のパトカーのルーフに書かれた「36」という文字。ミニパトへと向かう女性警察官二人の帽子。

宇佐見は縁につま先立ちとなり、体を後ろに反らせる。海老反(えびぞ)った状態のまま、ぐるぐると両腕を回した。

「落ちる、落ちる」

口から息を吐き、少しでも重心を後ろへと追いやる。

「むは」

背中から、倒れこんだ。後頭部をしたたかに打ったが、もし前に落ちていたら、こんなものでは済まなかった。

荒く乱れた呼吸のまま、空を見上げる。

生え際の後退した、貧相な丸顔が宇佐見の視界を塞いだ。

「落ちたかったんですか？　落ちたくなかったんですか？」

男はひどく間延びした調子で尋ねてきた。

この男は何？　どこから来た？

「声をおかけするの、もう少し待っていた方がよかったですかねぇ」

腰にようやく力が入るようになってきた。俺は腰を抜かしていたのか？

両腕に力が入ることを確認し、上体を起こす。警察署屋上の珍事には、誰も気づいていないようだった。

宇佐見は脇に立つ男をあらためて眺めた。身長はさほど高くはない。小太りで短足。黒系のスーツでまとめてはいるが、お世辞にも似合っているとは言いがたい。シャツは皺だらけ、ネクタイは左に曲がっている。目はどこか眠そうに垂れ下がっていて、丸くて潰れたような鼻、たるんだ口元とおおよそ覇気の感じられるものが一つもない。

警察官であるはずはなく、完全な不審者だ。警察署の屋上に不審者がいる――。様々な憶測が乱れ飛んだが、宇佐見の口から出たのは、この一言だった。

「あんた、誰だ？」

男はニタリと粘着質な笑みを見せると、胸ポケットから名刺を取りだした。

奇妙な名刺だった。住所や連絡先も何もなく、真ん中にただ、名前と階級があるだけ。

「警視庁の方から来ました、儀藤堅忍(ぎどうけんにん)と申します」

階級は警部補となっていた。受け取る気にもならず、名刺はそのままにして立ち上がる。

「どうやって、ここに入った？」

「普通に正面から、受付を通って入りましたが？」

「この名刺だけで？」

「ええ。署長自らお出迎えいただき、署内を自由に歩き回ってよいとの許可をいただきました」

「あんた、いったい何者なんだ？」

「警視庁の方から来ました儀藤堅忍です」

「それはもう聞いたよ」

「私がここに来たのは、宇佐見巡査部長、あなたに会うためです。捜査本部にもいらっしゃらず、トイレの個室に至るまで、あちこち探しました。まさか、屋上の縁に立っていらっしゃるとは思いもしませんでした」

署長自らお出迎えなどと、嘘臭すぎてかえって真実味がある。

それに、儀藤という名前、どこかで聞いた覚えがあった。昔なら、一度聞いた名前は忘れず、即座に脳の引きだしから取りだせたはずなのだが……。

「俺に会いに来たって、何の用？　保険の勧誘ってわけじゃないよな」

詮索するのも面倒になり、きいた。

儀藤は「えへへ」と卑屈に笑う。

「あなたはたった今から、捜査三課所属の任を解かれ、私の指揮下に入っていただきます」

「意味がよく判らないな。ひょっとして何か？　実は俺、もう死んでいて、あんたは天使か悪魔……」

そう言いかけて、記憶の片隅が揺り動かされた。

天使、悪魔……死神！

「儀藤、儀藤堅忍。聞いたことがある。無罪判決が出た事件の再捜査を専門に扱う刑事がいるって。それが、儀藤。あんた、死神だな！」

「そう呼ばれることもあります。そのあだ名、実は気に入っておりましてね」

「おまえは気に入ってても、こっちは御免だよ。冗談じゃねぇ」

「おやおや。私が来る前から、あなたには死神が取り憑いていたようですがねぇ」

血色のよくない顔でそう言われると、にわかに背筋がぞくりと寒くなる。

そうだ。俺はさっき、ここから飛び降りようとしていた。今現在も、儀藤と二人、安全柵を越えた場所で話をしている。ここから三歩、いや二歩進めば、こんな憂鬱な世界とはおさらばできる。

今でもそれは、とても魅力的な事のように思える。

しかし、なぜか足が前に出ない。

頭一つ分身長が低い儀藤を、宇佐見は見下ろした。

こいつのせいか。死ぬ前に、死神と一仕事する。ちょっと洒落が効いていて面白いかもしれないな。

「あんたの指揮下に入ると言ったな。で、担当するのは、どんな事件だ？　正直、俺が手がけた事件で無罪判決が出たのは、一つや二つじゃない」

「座間伸介」

名前だけで、事件の全貌が頭の中に描きだされた。

「あれか……」

「座間氏に無罪判決が出ました。ご存じなかった？」

「俺に何かを教えてくれるヤツなんて、いないからな。自分から知りたいと思うようなことでもないし」

「なるほど。あなたの境遇は、私とよく似ているようですねぇ。私も職場内でまともに口をきいてくれる者がおりません。情報も資料も、独力で集めるよりないのです」

「そりゃあそうだろう。死神だもん。無罪なんて警察にとっては汚点だ。それをわざわざほじくりだして再捜査だなんて、鬱陶しいにもほどがある。そんなあんたとつるんでいる事が判れば、そいつも組織内ではつまはじき。一枚岩の組織の中で、そうなれば生きてはいけない。警察官としての人生は終わり。だから、あんたについたあだ名が死神だ。昔、先輩刑事から聞いた話を完全に思いだしたよ」

「あなたは、そんな私に似ている。死神に魅入られるのも当然といえば当然ですね。うれしいです」

「喜んで欲しくないね」

「仲良くしましょう」

「嫌だよ」

「手遅れです」

「うるせえな」

「座間伸介氏の事件について、詳しく教えて下さい」

「用件はそれか。さっさと言え」

「詳しくおききする前に、この場を離れませんか。どうにも風が冷たいもので」

「それは構わないが、なるべく人目につきたくない。どっか適当な場所、知らないか？」

「署長の計らいで、地下に部屋を用意していただいております。捜査資料などもそこに」

「地下の部屋っていうのは、ボイラー室の脇か？」

「おそらく」

「そこ、この十年で二人、自殺してる部屋らしい。一人は首つりで、一人は拳銃。開かずの間になってて、俺も入ったことがない」

儀藤はそれを聞いて、不気味に笑う。

「やはりあなたは、死神に気に入られているようだ。参りましょう」

「開かずの間」の鍵は開いており、すんなりと入ることができた。六畳ほどの広さで窓もなく、むきだしのコンクリートが寒々としている。天井に一つある裸電球が、やけにまぶしく光り輝いていた。

過剰な白い光がかえって不安を招く。自ら命を絶った二人がなぜこの部屋を選んだのか、何となく判る気がした。

この部屋を前もって見ていたら、三人目になっていたかもな。

宇佐見は電球から目が離せなくなった。

「無理だと思いますよ」

突然、儀藤に耳元でささやかれ、宇佐見はまたも飛び上がった。

「な、何だ、あんた、本当に気配ってものがないな」

「そんなことはありません。私が来ると十メートル先からでも判る――と先日言われました。私を蛇蝎のごとく嫌っていらっしゃる方から」

「自慢になるかよ。で？　何が無理なんだ」

「すべて取り払われ、ロープをかけるものもありません。以前に比べ、拳銃の管理は遥かに厳しくなっている」

「余計なお世話だ」

心の奥深くまで、トロンとした眠そうな目で見通してくる。そして触れられたくない事をずけずけと口にする。

「あんた、死神というよりも、貧乏神だな」

「それもよく言われるのですよ」

儀藤はまんざらでもないという様子で、にんまりと笑った。

儀藤は狭い部屋の中をくるりと見渡し、言った。

「運ぶと約束していた机も椅子も、資料も、何も届いていませんねぇ」

「届ける気なんて、初めからなかったんだろ」

「そういう待遇にも、慣れておりますよ。では、立ったままで話をうかがいましょう。座間伸介氏が起こした事件について、あなたの知るところを詳しく聞かせて下さい」

あれは妙な事件だった。そして、あの事件から、俺の刑事としての人生は狂い始めたのだ。

正直、思いだしたくもない事件だが……。

儀藤は背中を丸め、じっとこちらをうかがっている。

「その前に一ついいか」

「どうぞ」

「相棒の事だが、どうして俺なんだ？　今さら、俺の出る幕なんかねえよ。捜査本部でもすっかり邪魔者扱いさ。そこらへんの若いのに声をかけたらどうだい。科学捜査とか何とかで、真犯人を見つけてくれるよ」

「その科学捜査とか何とかいうものを使って、彼らは誤認逮捕をやらかしたわけです。私が頼るのは、あなたのような、経験と勘で動く、時代遅れの刑事なのです」

死神の癖に、いい事を言いやがる。鼻の奥がツンとしたのを感じ、宇佐見は慌てて大きく息を吸う。儀藤は相変わらず、背を丸めたまま、壁際に佇(たたず)んでいた。

「三年前のことだ。世田谷東警察署管内にある住宅街で、安達文平(あだちぶんぺい)の遺体が発見された。安達は六十二歳、元質屋の経営者で、死ぬ一年ほど前に引退、立派な家を建て、悠々自適な生活をしていた」

「遺体が見つかったのは、自宅の中ですか？」

「自宅二階、安達の書斎だ。頭部を殴られていた」

「安達氏には、あまり良くない噂があったとか」

「質屋で盗品を売買しているって情報があった。結局、尻尾は摑めず仕舞いだったけどな。だが、引退後の派手な生活を見れば、推して知るべしってところだろう。商売を畳んでからも、金を高利で人に貸しつけ、恨みを買ってるなんて話も聞いた。とにかく、評判は最悪。怨恨の線での殺しとなると、相当に厄介だと思った覚えがある」

「なるほど、捜査一課の事案に三課が関わることになったのは、そういう経緯でしたか」

「安達は、三課がずっとマークしていた。情報も多く持っている。一課はご不満のようだったが、捜査本部に俺たちが乗りこみ、捜査協力を申し出た」

「書斎で見つかったと言われましたが、通報者はどなたです？　同居人がいたとか？」

「安達は独り身だった。発見から通報までの経緯は説明が必要だな。まず、安達の家には、一日おきに家政婦が通っていた。名前は忘れたが、その日も指名を受けた家政婦が、預かった鍵で玄関を開け中に入ったところ、警備システムが発報した」

「鍵を開けただけで？」

「厳重な警備システムを導入していたんだ。安達がメインスイッチを切らないと、鍵を回しただけでも発報して、すぐに警備会社の者が駆けつける。通常は家政婦が来る前に、解除してあるんだそうだ。家政婦は慌てて、警備会社に誤発報だと連絡を入れている。だが警備会社は確認のため臨場。彼らと共に中に入った家政婦が、二階の書斎で遺体を発見、警備員が通報に及んだとこういう流れだ」

「誤発報だと連絡を入れている——少々、引っかかりますねぇ」

「その辺は一応、疑ってはみた。確認をとったところ、その日はいつもより三十分、早く家に着いた。だから発報した際、安達がまだ警備システムを切っていないのだと早合点したらしい。だから、誤発報だと連絡をしたと」

「三十分早く行った理由は？」

「聴取したのは俺じゃないからな。大した理由はなかったはずだ。その後、家政婦はアリバイもあり、事件とは無関係と断定された」

ドアをノックする音が響いた。

「どうぞぉ」

儀藤が間延びした返事をすると同時に、ドアが勢いよく開く。顔をのぞかせたのは、捜査三課に配属されたばかりの若手だった。名前は高井だったか、高野だったか。

「これ、ここに持っていくように言われたんすけど」

気味悪そうに部屋の中を見渡しながら、台車に載せた三つの段ボール箱を運び入れる。

「ご苦労さん。えぇっと、高井だっけ？」

「高島です」

「ああ、すまん」

高島は改まった様子で、宇佐見の正面に立つ。

「あの、配属前から、お噂は聞いてました」

「ロクでもない噂だろ？」

「いえ。盗犯捜査をさせたら右に出る者はいない、と。自分は所轄の刑事課にいたんですが、そこの先輩が……」

「昔の話だよ。今はこの通り、くたびれ果てた役立たずさ。挙げ句、死神さんの相棒だぜ」

「え？　死神？」

「若いおまえはまだ知らなくていい」

「おら、高島！」

足音荒く階段を駆け下りて来たのは、三課の名取だ。四十代前半、部下を持ち、一番鼻息の荒い時期でもある。

名取は部屋を一瞥すると、ふんと鼻を鳴らし、高島の襟首を摑んだ。

「いつまで油売ってるつもりだ。行くぞ」

「は、はい」

名残惜しげな目を向けつつも、高島は引っ張られていく。

「あんな役立たずに、関わってるんじゃねえよ」

聞こえよがしに話す、名取の声が階段上から降ってきた。宇佐見は苦笑しながら、ドアを閉める。

儀藤はそんなやり取りなど気に留めた様子もなく、段ボール箱を開き、中の資料に目を通している。

「凶器は麻雀大会の優勝トロフィーですか。デカデカと名前の彫りこまれた、立派なものですねぇ。ところで、被害者は随分と多趣味な人物だったようですね」

名取たちとのやり取りは、「聞かなかった」ことにするわけか。まあ、死神にとって相棒は取り替えのきくその場限りの部品みたいなものだ。いちいち、相棒の抱える問題に口を挟むつもりはない——そういうことか。まあ、その方がこちらとしてもやりやすい。

「現場となった書斎の写真が、どこかにあるはずだ。異様な部屋だったよ。壁には天井まで棚が設えられていて、その中に色んなものが詰めこんであった。茶釜からダーツのセット、将棋盤もあったな。ほかにゴルフクラブにテニスラケット、テニスボールやゴルフボールが床に転がっていたっけ。とにかく、ゴチャゴチャとまとまりがなくて、落ち着かない部屋だったよ」

「引退して時間があったのでしょうねぇ」

「金だけはあったからな。それに興味があるとのめりこむ性格だったようだ。その分、冷めるのも早かったと聞いている」

「その結果が、この雑多な書斎ですか。凶器になった麻雀のトロフィーも……」

「近所に行きつけの雀荘があって、一時期、入り浸っていたようだ」

「凶器はその場にあったもの。なるほど、その辺りから窃盗犯座間氏の名前が出たわけですか」

「その通り。怨恨の線も大いに疑われたが、やはり、一番の太線は窃盗犯との鉢合わせだ」

「深夜、何者かが安達氏宅に侵入、書斎を漁っていた際、安達氏に気づかれた。侵入者は咄嗟に、その場にあったトロフィーを取り撲殺。そのまま逃走したと。盗まれたものは何かあったのですか？」

「書斎の金庫が開いていた。中は空っぽ。その後の聞きこみで、遺体発見の前日、安達自身が銀行で三百万下ろしたことが確認されている。恐らく、金庫内にはその金が入っていた」

「しかし、安達氏宅には厳重な警備システムがあるとおっしゃっていましたね」

「そこさ。結局、犯人の侵入経路は不明。合鍵を作ったとする説が有力だったが、どうやって警備システムに引っかからずに侵入したのかは、最後まで判らず仕舞いだった。逃走経路も然り」

儀藤はパラパラと資料をめくり、首を傾げる。

「侵入経路、逃走経路が不明のままというのは、捜査としての踏みこみが甘いと言わざるを得ませんねぇ」

「その点については、俺も同意見だ。当時の捜査本部で何度もそう言ったんだが、上司や捜査一課、同僚のご機嫌を損ねただけだったよ」

「とはいえ、そこに座間伸介という名前が浮上したと」

「ああ。当時、安達の自宅付近では連続窃盗事件が起きていた。昼間の空き巣、夜間、家人が寝静まってからの忍びこみ、手口はその両方だった。ガラス戸のクレセント錠回りを綺麗に切り取る、鮮やかなもんだった」

「盗犯捜査に当たる刑事が、犯人を誉めるというのは、どうかと思いますが」

「ふん。そんな狭い了見で、盗犯捜査ができるかってんだ。まあいずれにしても、座間は腕利きの泥棒だった。前科もかなりある。一連の犯行が座間の仕業と考えられても、無理はない」

「座間氏であれば、警戒厳重な安達氏宅にも侵入できる。『忍び』もこなす彼が、深夜、書斎で安達氏と鉢合わせし、もみ合いの末、手近にあったトロフィーで殴り殺した。そんな画を描いたわけですか」

「そんなところだ。俺は反対した。いくら座間が腕利きとはいえ、ああも易々と安達宅に侵入できたとは思えない。近隣の窃盗だって、座間の犯行と決まったわけじゃなかった。もう少し、別の線を当たるべきだと言った」

儀藤の目に、ちらりと同情の光が差した。

「それからですか、あなたが三課で孤立するようになったのは」

「課長に嫌われてな。俺をかばってくれていたベテランや同僚が異動で課を離れ、課長子飼いの中堅所が幅を利かせ始めた。若手を丸めこみ、俺は、時代遅れの役立たずってことにされた」

話せば話すほど、自分がみじめになる。宇佐見は膝を叩き、気持ちを切り替えた。

「愚痴を言っててもしょうがねえ。ええっと、どこまでいってたっけな。そう、座間を引っ張ったところだ。任意で引っ張ってゲロさせる。いつもの手で挑んだが、ヤツはきっぱりと否定した。安達宅には入っていない、もちろん、殺してもいない。近隣の窃盗も自分ではない」

儀藤は資料をめくりながら言う。

「座間氏はカプセルホテルなどを転々としていたようですが、結局、三百万円やその他盗品も出てこなかった」

「だがもう、後には引けなかった。きつい取調べを続けて、ついに自白を取った。だが、そんなものはすぐにひっくり返される。無罪判決は出るべくして出たのさ」

「決定的だったのは、書斎から消えた三百万の行方が判ったことですね」

「そう。端(はな)っから盗まれてなんかいなかった。遺体が見つかる前々夜、安達は賭け麻雀で大敗していた。三百万はそのときの負債だった。銀行から下ろしいったん金庫にしまい、その日の夕刻、負けた相手に全額支払ったというわけだ」

「そしてその夜に、事件は起きたと。しかし、麻雀で三百万とは」

そうつぶやきながら、儀藤はパラリパラリと資料をめくっていく。

その手が、あるファイルの中ほどで止まった。

「凶器に関する鑑識報告です。トロフィーからは指紋が採取されていますね」

「かなりくっきりとついていたが、結局、特定できなかった。前科者リストなど徹底的に当たったんだがな。被害者は自宅を訪れた客にトロフィーを見せびらかしていたようだ。その誰かの指紋だろうということでな」

「正体不明の指紋……それと、何やら付着物があったようですね。デキストリン、食塩、粉末しょうゆ、ほたてエキスパウダー、ワカメ、バナナの繊維」

「つまり、ワカメスープとバナナの成分だ」

「妙な取り合わせですねぇ。被害者が朝食でもこぼしたのでしょうか」

「まあ、そんなところだろう。ただ、どちらも家の中からは見つからなかった。冷蔵庫、ゴミ箱なども徹底的に調べたんだが」

「それは興味深い」

儀藤の興味がどちらの方を向いているのか、宇佐見には皆目、判らない。

儀藤はパタンと資料を閉じると、粘っこい口調で言った。

「下調べはこんなところでいいでしょう。では、いよいよ出かけましょうか」

「出かけるってどこへ？」

「何と言っても、無罪放免となった大泥棒座間氏に会いたいですね」

「それがそう簡単にはいかない。ヤツは姿をくらましちまってな。居所が判らない」

「おやおや。しかし、無実となった人間が何処に行こうと、その方の勝手ですから。しかし、何とかして見つけたいものですねぇ」

「それなら、当てはなくはない」

「朗報です。その当てというやつを、ぜひ当てていただきたい。ただその前に……」

「前に？」

「遺体の発見者に会いませんとね。捜査の定道です」

儀藤は粘着質な笑みを浮かべ、資料の一ページを開き、宇佐見に見せた。

ページにあったのは、パンフレットのコピーだった。「安心と実績のボビンズ家政婦紹介所」の文字が躍っていた。

2

家政婦派遣を専門とする「ボビンズ」の社屋は、下町の風情（ふぜい）が残る商店街の外れにあった。瀟洒（しょうしゃ）なビルをイメージしていたが、実際には、三階建ての古びた雑居ビルだった。しかも、一階部分は段ボール箱が雑然と積み上がっているだけで人気（ひとけ）はなく、軋（きし）む外階段で二階に上がったところに、ようやく「ボビンズ」と書かれたプラスチックのプレートを見つけることができた。引き戸を開くと、中は薄暗い事務室で、空の机が六つ、向き合っている。その一つに六十前後の女性が腰を下ろし、仇（かたき）でも見るような目つきで、デスク上の電話器を睨んでいるのだった。

「あのぅ」

声をかけた儀藤に、女性はぴしゃりと言い放つ。

「セールスなら帰りな」

「セールスではありません。けいし……」

「化粧品なら間に合ってる」

「いや、化粧品ではなく、けいし……」

「うるさいねぇ。警察を呼ぶよ」

「その警察です」

「いらないよ、警察なんて」

「こちらがいるのです」

「知らないよ、そんなこと」

「こちらは、家政婦さんの派遣業なんですよね？」

儀藤の粘っこい調子も、この女性には通用しないようだ。

「見たら判るだろ」

「ちょっと判りません」

「この、目の前にある電話で依頼を待ってるのさ。ここんとこ、さっぱり鳴らないけど」

「派遣する家政婦さんは、どちらに？」

「うちは登録制でね。東京中に登録者がいる。依頼があったら、近場の人間を派遣する。それだけさ。商売始めて三十年。評判もそこそこなんだ。登録者は私が面接する。前は亭主がやってたんだけど、病気で死んじまってね。それからは、私が一人でやってんのさ。で？　あんたらは、何のセールスなの？」

「いえ、セールスではありません。けいし……」

「化粧品はいらない、つったろ」

「化粧品ではなく、けいし……」

「しつこいねぇ、警察呼ぶよ」

「その警察です」

「いらないよ、警察なんて。あれ？　この会話、前にもしたような気がする。ビデブ？」

「デジャブ」

「どっちだっていいやね。で？　あんたら、何のセールスだい」

「雛野篤子(ひなのあつこ)さんを探しています」

「雛野？　ああ、うちの登録者だね。彼女に何か用なの？」

「彼女は、数年前に起きた事件の発見者でして、今一度、お話をうかがおうと思いましてねえ」

「なんだい、あんたらまるで警察みたい」

「警察です」

「篤子さんは、いい人さ。うちのエースだよ」

「居場所は判りますか？」

「判るよ」

「どちらです？」

「ここ」

女性は突然、「あつこさーん」と声を張り上げた。

とたんに、奥のドアが開き、眠そうな顔をした五十代の女性が顔を見せる。

「なに？　いま寝たとこなのに」

「あんたに、なんかセールスが来てるよ」

「そんなの追っ払ってよ」

乱れた髪をボリボリかきながら、女性は顔をしかめた。

儀藤は粘り強く、粘っこい声で電話番の女性に言った。

「あの女性が雛野篤子さん？」

「そう」

「どうしてここに？」

「言ったろ、優秀だから現場じゃなくて営業本部長やってもらってんのさ」

「ははぁ、本部長ねぇ」

「やり手だよ。夕べも接待二件。太客二人、取りこんできた。これからは待ってるだけじゃダメさ。攻めの営業だね。ヒヒヒヒ」

「雛野さんをお借りしたいのですが」

「いいよ。篤子さん、この二人にちょっと付き合ってやっておくれよ。何のセールスか知らないけど、しつこくってさ」

「はいはい」

手ぐしで髪を整えると、雛野篤子は疑り深そうな目で、儀藤と宇佐見を睨んだ。

「で？　何のセールス？」

雛野篤子はとにかくよく喋った。唇が乾き、カサカサになっているのも何のその、舌でペロンとひと舐めして、また盛大に語りだす。

「安達さんところねぇ、正直、あまりいいお宅じゃなかったですよ、ええ」

「ボビンズ」の入る雑居ビルの三軒隣にあるこれまた古びた喫茶店で、宇佐見たち三人は丸テーブルを囲んで座っていた。客はほかにおらず、カウンターの向こうで店主らしき男性が真っ赤な顔でタブレット端末に向かっている。激しい指の動きかたからして、おそらくゲームをしているのだろう。

三人分のコーヒーは手がつけられる事もなく、冷えていた。手をつけたくても、篤子のお喋りが途切れず、タイミングが摑めない。

「安達さんね、人使いはそれほど荒くはなかったんですよ。掃除、洗濯、食事、その三つをやっとけば、あとはほったらかしみたいなもんでしたから、ええ。でもね、ひどい癇癪持ちでねぇ。電話がかかってきても突然怒りだして、相手を怒鳴りつけてね、ええ。ちょっと怖い感じでしたよ、ええ」

「そうでしたか、ええ」

儀藤は目を糸のように細めながら、とりとめもなく続く話に、相づちを打っている。その相づちが良い潤滑油となり、またさらにお喋りに磨きがかかるといった悪循環とも好循環とも言えぬやりとりが、先から繰り返されていた。

宇佐見はとっくにうんざりしきっており、篤子が弾丸のように繰りだす言葉を、意味も咀嚼せず聞き流していた。

「あと、人のミスには容赦ないんですよ、ええ。宅配便が指定時間通り来なかったりするでしょう、すぐに怒鳴りつけるんですよ、ええ。まあ、私はいつもきちんとお仕事はこなす質ですから、怒られたことはわずかしかございませんけどね、ええ」

「そうでしたか、ええ。ところで、安達氏の遺体を見つけたのはあなたなんですってね」

篤子がさらにはりきりだした。

「そうなんですよ、ええ。あの日、鍵を回しますとね、ものすごい音でサイレンが鳴りましてね。びっくりして飛び上がりましたよ、ええ。一度は誤報だと思って警備会社に電話したんですけどね。門の前で待っててても安達さん出てこないから、ちょっと長くなってしまって。もう一度電話を入れましたの」

「あなたは駆けつけた警備員と安達氏の書斎に入った」

「警備員には外で待つように言われたんですけど、外で一人っていうのも怖いじゃないですか、ええ。だから、一緒についてったんですよ。警備員の人は二階に上がるとまっすぐ寝室に行きましてね、ええ。私はドアが開いてたんで、書斎をちらっとのぞいたんです。そしたら、あの通りでしょう。もうびっくりしましてね、ええ」

「そうでしたか、ええ。そこで何か気づいたことはありましたか?」

「いいえ、そんな細かいところまで見ている余裕はありませんでしたよ、ええ。血がねぇ、すごく出てて。ぎゃああああって私、叫んだんです。警備員が血相変えてやって来てね、ええ」

「そうでしたか、ええ。凶器のトロフィーはご覧になりましたか？」

「いいえ。そもそも、書斎に入ることはもともと禁じられていたんですよ、ええ。この部屋は掃除しなくていいって言われてましてね。まあ、ドアはいつも開けっぱなしですから、中の様子はちらちら目にしてたんですけどね、ええ」

篤子はそこで顔を顰(しか)める。

「とにかくゴチャゴチャ物が多くて。壁一面の棚に、茶釜やらボクシングのグローブやらが詰めこんであって、ええ。壁のところにはゴルフバッグがたてかけてあったでしょう。あれ、相当、高級なものだと思うんですよ、ええ。テニスラケットもあったし、釣り竿なんかもね、一揃いありましたよ。将棋盤にこれまた立派なステレオ、株の本も棚の下の方にずらーっと並んでましたっけ」

ちらちら目にしていただけにしては、えらく詳しい。

儀藤はうんうんとうなずきながら、目をショボショボさせている。

「ずいぶんと多趣味な方だったんですね」

「多趣味っていうか、単に飽きっぽいだけでしたよ、ええ。それも熱しやすく冷めやすいタイプでね。そういうのが、一番厄介なんですよ、ええ」

「ほほう、そうですか？」

「のめりこむのはいいんですよ。でも、元来の負けず嫌いのようでね。しかも癇癪持ちときてるでしょう？　上手くいってるうちはいいけど、勝負に負けたり、失敗が続いたりするともう、怒鳴り声は上げる、道具は投げつける。一緒にやってた人も逃げるようにいなくなって、それっきり。使わなくなったものは、書斎の棚に入れてそれっきり。で、また少しすると新しい何かを見つけて、のめりこむ。その繰り返しでしたよ、ええ」

儀藤はペコリペコリと頭を下げ、おもねるような調子で言う。

「貴重なお話を痛み入ります。捜査の参考にさせていただきます」

「お役に立てたのなら、いいんですよ、ええ。まあ、仕事柄、あまり人様の家庭内のことをべらべら喋るのも何でしょう。だから、まあ、最低限のことだけね、ええ」

「それでですね、一点、お尋ねしたいことがありまして」

「あら、いま散々、答えたじゃないの？」

「私はまだ、質問すらさせていただいておりません」

「ええ、そうなの？　そうなら早くしてよ。喉が渇いちゃったじゃない」

篤子は冷えたコーヒーを一息で飲み干した。カップを荒々しく戻す音が、店内に響く。

「それで？　何なの？」

「遺体を発見された日、三十分早く被害者宅に行かれています。それは、何のためだったのかと」

機関銃のようにまくしたてていた篤子の言葉が、ピタリと止まる。弾詰まりだ。

「そんなこと、別にどうだっていいでしょう」

「どうだっていいかは、我々が判断いたします」

「いえ、でも、私たちには守秘義務がありましてね、よそ様の事をあれこれ言うわけにはまいりませんの、ええ」

「判ります。ですがこれは、警察の捜査でしてね。口をつぐむということは、何かやましい事があるのではという疑いを生みます。あなたは言うなれば第一発見者です。第一発見者を疑えというのは、捜査の定道でありましてねぇ。あなたはあの家に入る、鍵をお持ちだ。安達氏がシステムさえオフにしていれば、中に入り放題。侵入逃走経路が不明とされるこの事件の謎が一つ、解明されます」

「ば、ばか言わないで。私が安達さんに何かするはずないでしょう」

「あなたが安達氏に弱味を握られ恐喝されていた。あなたと安達氏が情を通じていた。動機なんていくらでも転がっているのですよ。何でしたら、このまま警察署の方にご足労いただきましょうか。取調室はここより狭く、コーヒーも出てきませんが」

「判った、判ったわよ」

篤子は唇を嚙みながら、ぷいっと顔をそむける。宇佐見は儀藤のやり方に舌を巻いていた。すべてはこの証言を引きだすための、長い長いお喋りであったという事か。

「ゴミだしを忘れて帰っちゃったから、謝ろうと思って、早く行ったのよ」

儀藤はぬるりと篤子に顔を近づける。

「もう少し詳しくうかがいたいですねぇ。あなたは一日おきに安達氏宅に通っていた。つまり、ゴミだしを忘れたのは、遺体を見つける日の二日前」

「そう。翌日が燃えるゴミの日だったから、ゴミ袋にまとめて、玄関先にだしておいたの。それを帰りに持って出るのを忘れちゃってね。安達さん、別に綺麗好きってわけじゃないのに、ゴミにはうるさいのよ。私の前任者は、ゴミだしを何度か忘れたからって、出入禁止になったのよ。だからね、早めに行って、先に謝っちゃおうって思ったわけ」

「なるほど、なるほど」

儀藤は満足そうにうなずいた。その顔つきは、どこかカエルを連想させる。

「お時間を取らせて申し訳ありませんでした」

篤子は急によそよそしい態度になると、左右に目を配りながら言う。

「ホント、もう少し手短にして欲しかったわ」

「申し訳ありません」

篤子は立ち上がり、店主に微笑みかけると、店を出ていった。店主はゲームに夢中で、彼女が出ていったことにも気づいた様子がない。

上手くすれば、食い逃げ、いや、コーヒーの飲み逃げができるのではないかと宇佐見が考えていると、儀藤が大きな音をたてて椅子を引いた。店主がぱっと顔を上げる。

儀藤はテーブルに置かれた伝票をヒラヒラと掲げると、言った。

「代金、ここに置いておきます」

店主の目は、再びタブレットの画面に向けられた。

そのまま出ていこうとする儀藤を、宇佐見は慌てて止めた。

「領収書、貰わなくていいのかい？」

「私の仕事に経費などありません。すべて自腹です」

「自腹!?」

「ただ、自腹を切ってなお、有り余る余禄もありましてね。フフフフフ」

摑み所のないぼんやりとした儀藤の顔付きが、ほんの一瞬だけ引き締まり、酷く不気味なものへと変わった。

下手に踏みこまない方が良さそうだ。本能的に危険を察知した宇佐見は、そのまま口を閉じ、儀藤から数歩離れて、店を出た。

3

住宅街の道を、宇佐見は儀藤と肩を並べて歩く。

「移動距離も長く、私は歩き疲れてきましたよ」

儀藤が哀れみをこめた声を上げる。

「好きなようにしていいって言ったのは、死神さんでしょうが」

「あだ名で呼ぶのは止めて下さい。人がびっくりします」

「あんたでも、人目を気にするんだな」

「気にしているわけではありません。あまり知れ渡って欲しくないだけです。死神というあだ名は、ここぞという時に使いたいのでねぇ」

「自分自身のイメージ戦略もたてなくちゃならないのか。死神も大変だな」

「ええ。意外と大変なのですよ。それで、我々はいったい、何処に向かっているのですか？」

「別に目的地はない」

道路が碁盤の目状に走り、生け垣と小さな小さな庭、車一台がギリギリのガレージ、白い壁、かわいらしい玄関ポーチ。最近の家には個性がなく、似たような外観ばかり。下手をすると現在地が判らなくなる。

「まるで樹海だよ。似たような景色が続いて、場所が判らなくなる」

「ひと昔前の団地も、そのような感じでしたねぇ」

「もう少し北に行ってみるか」

宇佐見は足を速めた。儀藤は何も言わず、チョコチョコと懸命についてくる。

信号のある大通りを渡り、さらに少し進むと、町並みがぐっと古くなった。ワンルームマンションや広い庭を構えた豪奢な邸宅、そうかと思えば、窓枠にベニヤが貼られた空き家、そして草が伸び放題の空き地まで。道は細かく枝分かれしていて、行き止まりもけっこうある。

「安達の家から、二区画ほど北に上がった場所だ。この辺ならいいかもしれん」

「安達氏の家を起点に考える意味が判りません。あなたはいったい、何をしようとしているのです」

「座間を探すのさ」

「しかし、彼は行方をくらましていて……」

「だから探すんだ。話をききたいんだろう？」

「それは、まあ」

宇佐見は道の真ん中を歩き、左右の家々に目を走らせる。

「なあ、死神さん、泥棒が嫌がるのは、どんな家だと思う」

儀藤は左右を見渡すと、ゆるゆると右側にある家を指さした。

「ああいう、高い塀のある家でしょうかねぇ。足がかりもないですし、上るには骨が折れる。人目のことを考えれば、避けたいはずですよ」

「ブー。あの程度の塀なら、簡単に乗り越えられる。見なよ、東側にマンションがある。あそこの三階のベランダからなら、屋根伝いに塀を越えられる。ちょっと距離はあるが、隣の家の庭にある松。あのてっぺんからうまく飛べば、やはり塀を越えられる。いったん越えてしまえば、今度は塀が目隠しになっちまう。中で何が起きてるか、外からはまるで判らない。泥棒にとっては天国さ」

「なるほどねぇ」

「だが、この家はダメだ。見てみなよ、家の周りは綺麗に掃いてある。門のところからちょっとのぞいてみるともっとよく判るぜ。庭の手入れも行き届いているしな」

「家周りがきちんとしている事と、泥棒が入りにくい事と、どう関係するのです？」

「これだけきちんとしているって事は、それなりの防犯意識も持っている可能性が高いってことだろう？　犬を飼ってるかもしれないし、警備会社に金を払っているかもしれない。いずれにせよ、狙うには危険すぎる」

「そんなものですかねぇ」

儀藤はまだ、今ひとつ、ピンときていないようだった。

「空き巣とか忍びとか、まあ型によっていろいろあるが、泥棒ってのは、傍目ほど楽なものじゃない。一歩間違えば、それこそ塀の中だ。家の間取りなんかを考え、家人の生活パターンを把握し、綿密な計画をたてる。それでも、一仕事終えた後は体重が何キロか減るそうだ。それだけ、神経を使うんだな」

「そこまで苦労が多いのなら、ちゃんと働けばよいと思うのですがねぇ」

「そこだよ。結局は、スリルなんだろうな。家人が寝静まった家に入りこむ、寝ているヤツの枕元で財布を探す。家人の帰宅を気にしつつ、留守宅で金目のものを物色する。そのスリルが忘れられないんだ」

儀藤はニヤリと笑った。

「私はまるで、泥棒と話をしているみたいですねぇ」

「戦うにはまず敵を知らないとな」

新人刑事に捜査のイロハを教えているような気分になってきた。泥棒ばかりを追いかけてきた人生だったが、自分が教育した者たちの多くが最前線で活躍している。それなりの価値はあったのかもしれないな。

思いがけず胸が熱くなり、宇佐見は歩を止めた。

これほど満ち足りた気分で捜査に当たるのは、何年ぶりだろうか。体の疲れもまったく気にならない。

探していた家が見つかったのは、その瞬間だった。

「死神さん、あの家」

右側にある高い塀に囲まれた家だ。築十年といったところだろうか。いや、見た目と壁の白さが不釣り合いでもある。外観だけリフォームした可能性もある。

塀の表面を見ると、かなり前に一度、塗り直されていた。しかし、その後は手入れも掃除もされていないのか、表面はすすけ、ところどころ、ヒビも入っている。さらに進むと、観音開きの厳めしい門が現れたが、その前にはタバコの吸い殻やゴミが転がっていた。

インターフォンにカメラはついているものの、ほかに防犯カメラの類いはないらしい。

儀藤はトロンとした目を向け、「ははぁ」と間の抜けた声をだす。

「あんな家ですね、泥棒に狙われるのは」

「さすが死神さんだ。もうコツを摑んだな」

「コツというより、あなたが教えてくれた事にいちいち当てはまります。塀は高く、家の周囲の掃除が行き届いていない。よく見ると、ポストに新聞がさしたままですなぁ」

「何日も留守にしている証拠だ。その上、防犯意識がまるでない。こいつは、入って下さいっていってるようなものだ」

宇佐見は門の鍵を確認する。さすがに最新のもので、ピッキングなどは不可能な造りになっていた。塀を乗り越えるのは簡単だが、人通りもあり、人目につきすぎる。

「裏に回ってみよう」

塀沿いに進み角を曲がる。家の裏手は細い路地になっており、街灯の類いも一切ない。そんな場所に、鉄製のさびたドアが一つある。

「裏口だ。鉄製でぱっと見は頑丈そうだが……」

錠前はありふれたものだった。

「これならば、傷も残さず開けられる」

宇佐見は膝をつくと、胸ポケットに入れていた針金を取りだした。長さは三十センチほど。先端部分が鍵型に曲がっている。

宇佐見はその先を錠前の穴に突っこんだ。

背後から儀藤ののんびりとした声がする。

「あのぅ、宇佐見さん、それはもしかして、ピッキングですか？」

「そうだ」

「この家に防犯上、問題がある事は判りましたが、何も実際に入りこむ必要はないように思うのですがねぇ」

「案ずるよりやってみろってね」

「誰も案じてなどおりません。どちらかというと、私はあなたの行為を案じています」

かすかな手応えがあった。十二秒。腕が落ちた。昔なら五秒とかからなかったはずだ。

ゆっくりとノブを回すと、戸は音もなく開く。宇佐見は屋敷内の気配をうかがう。儀藤が耳元でささやいた。

「どうしました？　せっかく開いたのに、入らないのですか？」

宇佐見は答えず、腰をかがめたまま、中に入った。日は徐々に西に傾き始め、北側は塀のせいもあって暗くなり始めていた。

あまり使われていないせいか、裏口から屋敷までの道は雑草が生え、どこから来たものか、けっこうなゴミが転がっていた。コンビニの袋が風にそよいでガサガサと音をたて、片一方だけのスリッパ、封の開いた洗剤のボトル、ゴム手袋などが雑草の中に見え隠れする。

「こいつはただの不精者じゃないな」

宇佐見のつぶやきに、儀藤はかすかにうなずいた。

「どうやら、高齢者の独居だったようですねぇ」

この男、宇佐見に教えを乞うような体裁でついてきているが、実のところ、宇佐見と同等、いやそれ以上に捜査に精通しているのではないか。そんな疑念がわいてくる。それほどに儀藤の行動には無駄がなく、現場を見抜く目も鋭かった。

屋敷までの数メートルを一気に進み、裏口のドアにとりつく。ためらうことなく、ノブを回した。鍵は開いていた。

入ったところは、キッチンだった。流しがあり、コンロがあり、食器棚がある。生ゴミの類いは一切なく、流しも乾いていた。靴のまま上がりこむと、隣のダイニングへと移動する。四人用のテーブルに椅子。テーブルの表面にはうっすらと埃が積もっていた。

「宇佐見さぁん」

儀藤がささやきかけてきた。生ぬるい息づかいが耳に当たり、気持ちが悪い。

「何だ？」

「これは不法侵入です」

「判ってるよ、そのくらい。捜査のためだ。いいだろ？」

「よくありません」

「死神のくせに細かいな」

「泥棒の真似事をして家屋に侵入するのは、細かいどころか、大胆です」

「恐れつつ準備をし、入る時は大胆に。泥棒の秘訣だな」

宇佐見はダイニングを出ると、左右に延びる廊下の様子を確認する。廊下の床にそっと手を置き、圧をかけてみる。みしりと軋んだ。

「古い家ってのは、これがあるから厄介だ」

「ですが、家内に人がいる気配はありません。留守でしょう」

「判らんぜ。リビングでうたた寝しているかもしれん。昼間っから長風呂を楽しんでいるのかもしれん。思いこみは禁物だ」

「今一度、申し上げますが、我々は泥棒に入ったわけではありません」

「うるせえな。黙ってついて来いよ。廊下は重心を低くして、腰の位置を変えずに。足を置くときは、つま先からそっとだ。それさえ守れば、滅多に軋むことはない」

「まるで、能狂言のようですねぇ」

それでも儀藤は、言われたとおり、器用に歩を進めた。床はまったくの無音である。

「死神さん、泥棒に向いてるよ」

「転職の予定はありませんねぇ」

狙いをつけていた、向かって右手のふすま扉を開く。予想通り、家人のくつろぎスペースのようだ。畳敷きの八畳間で、奥にテレビ、手前に肘掛けのついた座椅子が一脚ある。湯呑みを置くのに丁度いいサイドテーブルには、いま、テレビのリモコンだけがポツンと載っている。窓際には加湿器が置かれ、壁には旧式のエアコンがついていた。

部屋の西側にはやはりふすま扉があり、隣の部屋と繋がっているようだ。

そこを開けると、やはり畳敷きの六畳間が現れた。大きな箪笥が一さお。ほかに衣装ケースや小物入れなどが雑然と置いてある。

宇佐見は箪笥の引き出しを下から確認していく。

「なかなか腕がいい。物色した痕跡を綺麗に消してやがる」

儀藤が六畳間を見渡して言う。

「どういう事でしょうか。見たところ、別に荒らされた様子はありませんが」

「スリの名人の話、聞いたことがあるかい？」

「気づかれずに財布をすり、中の金だけ盗って、空の財布を持ち主に返しておく。持ち主は金を盗まれたことにしばらく気づかない」

「ご名答。泥棒の世界にも似たようなヤツがいるのさ。泥棒に入った痕跡を残さず、金目のものだけいただく。宝石箱にしまってある宝石とか、簞笥に隠してあるへそくり、金庫の中身などなどだ。泥棒に入られたと家人が気づかなければ、被害の発見は遅れる。それだけ、逃げ切れる確率が上がる」

「しかし、そんなことができるのは、よほどの手練れでしょう」

「そう、名人だ。外国人の窃盗団には、逆立ちしても真似はできねえ」

宇佐見は立ち上がる。

「ここには金目のものはなかったようだ。となると……」

指で天井を指す。

「二階ですか」

宇佐見は廊下に戻ると、玄関方向に進む。向かって右側に階段がある。

床の時と同じく、手で押して軋み具合を確認する。木製の古びた階段だが、歪みや劣化は少ないようだ。

上るか、家を出るか。

宇佐見は這いつくばりながら、トカゲのような姿勢で階段を一段ずつ上っていく。儀藤は一階に留まるようだ。

何かが宇佐見を駆り立てていた。自分でもよく判らない。勘、いや、衝動のようなものだ。

久しく忘れていた感覚だった。絶対的な知識と抑えがたい衝動。宇佐見を刑事たらしめてきたものは、この二つだ。

　面白れえじゃねえか。

　階段を上りきり、二階の様子をうかがう。廊下が延び、左右にそれぞれドアが一つ、突き当たりにもドア。そこが寝室だ。左右の二部屋は、書斎か子供用の部屋、あるいは、今でいうゲストルーム。

　狙うとすれば、当然、寝室だ。

　宇佐見は身を起こし、そろそろと前進する。

　床は一階以上に軋みやすいが、すり足と独自の重心移動で、ほとんど音をたてない。

　泥棒ってのは、現行犯が一番手っ取り早いんだよ。

　こうやって今まで、何人もの泥棒を――。

　寝室のドアが勢いよく開き、体を丸めた小柄な男が体当たりをしてきた。正面から受け止めると、払腰（はらいごし）の要領で相手の体を跳ね上げる。壁に叩きつけて終わり――のはずだった。

　相手は巧みに体を捻（ひね）り、技の威力を殺すと、宇佐見の体を軽々と乗り越え、階段を転げるように下りていく。

「死神！　行ったぞ」

そうは叫んだものの、あの身の軽さは尋常ではない。儀藤の手には余るだろう。

くそっ。

階段を駆け下りたが、儀藤たちの姿はない。

ガタンと玄関で何かが倒れる音がした。

まずい。追い詰められた泥棒は、思いがけない力をだし抵抗することがある。

「死神！」

玄関に駆けつけると、儀藤が靴脱ぎ場にちんまりと腰を下ろしていた。廊下には目を丸くした男が、大の字になって横たわっている。

「死神さん、あんた……」

「この男性がすさまじい勢いで飛びかかってきたものですから、もみ合いとなりまして。私、この通りの体格ですから、格闘は大の苦手なのです。到底かなわぬと逃げようとしましたら、まあ何という偶然か、この男性が自ら転んでくれましてねぇ」

そう言う儀藤は、息一つ乱れてはいない。一方で、横たわる男は額に汗を浮かべ、ゼエゼエと喘いでいる。

いったい何が起きたのか。薄気味悪いものを感じつつも、男を逃がさなかったのは儀藤の大手柄だ。

宇佐見は男の脇にしゃがみこみ、顔をのぞきこんだ。何となくだが、見覚えがあったためだ。

記憶にすりこんだ「リスト」をめくっていく。ほどなく、ヒットした。

「おまえ、山一(やまいち)だな」

名前を呼ばれたことで、男は我を取り戻したらしい。すぐに不敵な笑みを浮かべて、倒れたまま宇佐見を見返してきた。

「宇佐見の旦那ですか。お久しぶりですねぇ」

「テメエなんぞに知り合い面(づら)、されたくねえな」

宇佐見は手を貸して、山一を立たせてやる。倒れた拍子に腰を打ったらしい。顔を顰めつつ、腰に手を当てる。

宇佐見は言った。

「おまえは忍び専門だと思っていたが、いつから空き巣に鞍替えした」

「年ってヤツですよ。体が言う事をきかなくなってきてね。寝ているヤツの枕元で金目のものを漁るのは、さすがに辛いや。夜目もだんだん利かなくなってきたし」

何とも景気の悪い話である。

「しかし、俺が中にいるってよく判ったなぁ。鞍替えしたとはいえ、気配を消すことにかけちゃ、俺の右に出る者は……」

「くだらない事を自慢してんじゃないよ。裏口のドアだ。さびついていたが、開けたときまったく軋まなかった。おまえ、油をさしただろ？　音が出ないように。それでピンときたのさ」

「は！　さすがだねぇ、旦那。ところで、この何とも死神みたいな人は、旦那の相方で？」

「死神みたいな人じゃねえ、死神だ」

「へ⁉」

儀藤は立ち上がるとうやうやしく礼をする。

「警視庁の方から来ました、儀藤と申します。こちらの宇佐見さんは、私の相棒です」

山一は強ばった笑みを浮かべつつ、宇佐見の方に半歩、すり寄った。

「この山一も、年貢の納め時ですなぁ」

と言って、両手をさしだす。

「芝居がかった真似をするんじゃない。とりあえず、盗んだものをだせ」

山一は首を左右に振る。

「何だ？」

「何にもなかったんですよぉ。ここはばあさんの一人暮らしでね、二日前に病院に運ばれたって聞いたんです。荒れ始めてはいるが、これだけのお屋敷だ。けっこう貯めこんでいるだろうと当たりをつけたんですがね」

「おまえの目も利かなくなったってことか」

「二束三文のガラクタばかりで。がっくりきて、どうにも収まりがつかない。二階の寝室を見てみるかって物色していたら、お二人がやって来た。何から何まで、しくじったって訳で」

「お互い、年を取ったか」

「あのぅ、宇佐見さん」

それまで黙っていた儀藤が、ぬるりとした声を上げる。

宇佐見は小さくため息をつくと、山一とあらためて目を合わせた。

「今日のところは見逃してやる」

山一は目をぱちくりとさせる。

「いま、何ておっしゃった？」

「何度も言わせるな。見逃してやるって言ったんだ」

「見逃すって？　あのガキの前でも容赦なく手錠をかける、鬼畜生と言われたあんたが？」

「古いことをほじくるなよ」

「つい五年前、あんたに追いかけられて足の骨を折ったヤツがいましたぜ」

「五年なんて遥か昔さ。とにかく、ここの一件に関しては、見逃す。その代わり……」

「そら来た」

「タダで見逃して貰えると思うほど、おまえも初心じゃないだろう？」

山一は肩を落としつつ、首を左右に振った。

「まあ、今の立場を考えると、こっちに選択権はないですわな」

「話が早くて助かる。座間の居所を教えて欲しい」

山一がニヤリと笑う。

「何がおかしい？」

「思った通りだったからですよ。やっぱり、旦那、座間のヤツをあきらめちゃいないんでしょう？　また追いかけて、とっ捕まえる気だ」

儀藤が山一に顔を近づけて言う。

「あのぅ、山種さん？」

「山一だ」

「山一さん、我々は座間氏を狙ってなどいません。ただ、あの事件の真相を追いかけているだけなのです。座間氏は無罪になった。となれば、どこかに真犯人がいるはずです」

「真犯人ね」

山一は含みのある言い方をして、また笑う。

「亡霊……かな」

宇佐見は山一に詰め寄った。

「何だ、それは？　おまえ、何か心当たりがあるのか？」

「ここの一件、本当に見逃してくれるんですね」

「ああ」

「そいじゃあ、ついてきて下さい」

ひょいと身軽に立ち上がると、山一は玄関にひらりと飛び下りる。

「ど、どこへ行く？」

「案内しますよ。座間のところにね。タクシー代は、そっち持ちですよ」

4

都心にある高層ビル群の夜景が遥かに一望できる場所に、開発から取り残された一角があった。古びた飲み屋が並び、昭和の風情を漂わせている――といえば聞こえはいいが、実態はただの貧民窟である。店の半分は空き家であり、持ち主はすべてを放りだして夜逃げしてしまった。後に入りこんだのは、その日暮らしの男たちだ。もっとも今は、その日の糧にも事かく日々が続いており、一角はますます寂れ、昼間でも酒とタバコ、微かな腐臭が漂う有様だった。街灯が壊されもせず点っているのは、まさに奇跡だ。

そんな中を、宇佐見は儀藤と共に歩いていた。先を行く山一は地理に明るいらしく、人気のないゴミだらけの入り組んだ通りを、迷いもせず進んでいく。

人の姿はないが、家の中には微かな明かりが見え隠れする。そこから放たれる鋭い視線と殺気を含んだ物々しい空気を、宇佐見はひしひしと感じていた。

「いつから日本はこんなになっちまったんだろうねぇ」

宇佐見のつぶやきに、儀藤が間延びした声で答えた。

「ずっと昔からですよ。その合間合間に、ほんの数年、良い年があっただけで、日本はずっと、こんなんですよ」

「見てきたように言うんだな」

「フフフフ」

死神の嫌な笑い声を聞きながら、宇佐見は通りのさらに奥へと進んでいった。

この路地に入ってかなり歩いている。

こんな場所で何かあったとしても、応援はすぐには来ない。もしかして、山一のヤツに騙されているのではないか。そんな疑念が膨らみ始めたとき、彼の足がピタリと止まる。

右手は空き地、左手は木造の空き家であり、元は飲み屋か何かだったのだろう、もはやその面影すら留めていないほど荒れている。戸口の脇には何かが燃えた跡まである。

山一は苦々しげに笑う。

「火をつけられたらしい。見つけるのが五分遅ければ、丸焼けだった。苛ついたヤツが発作的にやるんだよ、時々」

ガラスが綺麗になくなった開き戸を足で開け、山一は中へと入っていく。明かりはもちろんなく、室内は暗闇だ。

さて、どうしたものか。焦げ跡の残る戸口で立ち止まる。

「死神さん、どうする？」

「あなたらしくもない、臆病風ですか？　昼間、屋上の縁に立っていたことを思いだして下さい」

頭に血が上り、儀藤の胸ぐらを掴もうとしたが、するりと逃げられた。

「口の利き方に気をつけろ」

「こんなところで、仲間割れはいけません」

「あんたと仲間になった覚えはねえよ」

「どうしたんだ？」と中から山一の声がした。

「何でもない。いま行く」

宇佐見は憤りを何とか鎮め、再び、山一の後ろについた。携帯を懐中電灯代わりにして、周囲を照らす。

ゴミと木くずと埃にまみれた、元は厨房であったと思しき場所を抜け、一段高い場所に上がる。従業員の休憩スペースか何かだったのかもしれない。そのさらに奥は便所で、扉は壊れ、便器が丸見えになっていた。

宇佐見は尋ねる。

「で？　座間は何処だ？」

「ここを塒(ねぐら)にしてたんだけど、いないな」

山一の手首を摑み、締め上げる。

「何か企んでいるんだったら、それなりの覚悟をしてもらうことになる」

「痛い、痛いよ、旦那。別に企みなんかないさ。あんたには、借りがあるからね」

「宇佐見さん」

暗がりから儀藤の声がする。

「どなたか、みえたようですよ」

戸口に人の気配がしたが、暗くてよく見えない。ゴミを蹴散らす音に続き、聞き覚えのある声がした。

「誰かいるのか？　座間だ。山一か？」

間違いない、座間だ。宇佐見は携帯の光を向けた。無精髭の浮き出た、痩せた男の顔がそこにあった。右手で光を遮りながら、こちらをうかがっている。

「誰だ？」

答えたのは、山一だった。

「客を連れてきたんだ。びっくりするぜ」

宇佐見は携帯の光を自身に向ける。

「久しぶりだな、座間」

そのとき、部屋の中がぼんやりと明るくなった。床に一本のロウソクが立っている。ゆらゆらとオレンジ色の火が揺らめき、荒れ果てた室内と四人の男を長い影と共に照らしだしていた。

ロウソクの傍でマッチを手にしているのは、儀藤だった。

「それ、死神さんが？」

「暗いと話もはずみませんからねぇ」

「そんなもの、いつも持ち歩いているのかい？」

「ええ」

「死神にロウソクか。寿命蠟みたいでぞっとしないな」

「試しに吹き消してみましょうか」

「止めてくれ。洒落になってないぜ」

二人のやり取りを、座間は何か言いたげに見つめている。

山一はそんな座間の肩を叩くと、そのまま表の暗がりの方へと消えていった。

座間は足で木くずなどをどけると、その場に腰を下ろした。宇佐見を見上げた目には、哀れみが宿っている。

「久々に見てみれば、しょぼくれた刑事に成り下がったな」

成り下がった自覚はあったが、それを認めないプライドはいまだ捨てられずにいる。何も答えない宇佐見に、座間は自棄気味の笑いで応えた。

「よく俺の前に出られたもんだ」

横から儀藤がふらりと這い出てきた。

「座間さんですね。私、警視庁の方から……」

「死神だろう？　噂は聞いてる」

「噂？　私の？」

「俺たちの稼業は、横の繋がりでもっているようなもんだ。情報は、あんたらより早い。再捜査、してるんだろ？　安達の件」

「ええ。その通りです」

「なら話は早い。答えることは何もない。今さら真犯人だとか、俺の知ったことか」

　立ち上がろうとする座間に、儀藤が続けた。

「宇佐見さんは捜査本部の中で、最後まであなたの逮捕に反対しておられた。金庫の金の行方を突き止めたのも、実は宇佐見さんです。その結果、彼は主要な捜査を外され、同僚や部下からも軽んじられる存在になってしまった」

「……知るか」

　宇佐見は頭を下げる。

「すまなかったな。俺の力不足だ」

「今さら、おせえよ」

「念のため言っておくが、許して貰おうとか、そんなつもりはねえ。所詮、おまえは薄汚い盗人（ぬすっと）だからな」

「そんなことは、言われなくたって判ってる。しかし、拘留中は随分と酷い目に遭ったが、こうしてあんたを見てると、まんざら、それが無駄じゃなかったんだって気になるよ」

「それはどういうことだ？」

「俺をかばったことで、あんたがすっかり落ちぶれ果ててるってことだ。ざま見やがれ」

「座間だけにな」

「洒落てんじゃねえよ」

座間は薄く笑った。つられて、宇佐見も笑ってしまう。

その場に沈黙が落ち、それはしばらく続いた。

「安達の家の警備システム、あれは俺でも無理だった」

座間が自ら口を開いた。

「おまえで無理ってことは、ほかに入れるヤツなんていねえ」

「いや、一人いる」

「ほう？　俺も知らないような腕利きがほかにもいるってのか？」

「『幽霊（ゴースト）』さ」

「冗談はよせ」

「真面目な話だよ。いい機会だ、聞かせてやろう。一九八〇年代の中頃に、幽霊と呼ばれる泥棒がいたんだ。手口はいつも完璧。家人にも悟られることなく鮮やかに侵入する。標的にするのは、通報できないような後ろ暗い金ばかりだ。当時はサラ金やら何やら、世の中に金がうなっていたからな」

「そんなおとぎ話、信じられるか」

「それはあんたらの勝手さ。俺たちの間じゃあ、かなりの評判だった」

「八〇年代といえば、俺もまだ駆けだしだったが、未だにそんなヤツの話、聞いたことがねえ」

「活動時期は三年ほどか。九〇年に入るころには、ぱったりと姿を消していた。俺たちですら、その正体は知らないんだ」

「だから、幽霊ですか」

死神と呼ばれる男が、どこか楽しそうに口を挟む。

「その幽霊が、戻ってきたって噂があるんだ」

「何だと？」

宇佐見は身を乗りだす。座間のペースに乗せられているのは承知の上だ。業腹だが、今の立場はこちらの方が弱い。

「二〇〇〇年に入ったばかりのころかな、美術品の窃盗が立て続けに起きた。もちろん、警察沙汰にはできない代物だ。成金が闇で手に入れた絵やら彫刻やら」

「そんな話、聞いたこともねえ……」

通報がなければ、警察は動けない。情報も入ってこない。組織対策課などから応援要請が入ることもあるが、縄張り意識の問題もあって、そんなことは希だ。残るは同業者からの情報提供だが、「幽霊」は同業者からも尊敬と畏怖を集めていたようだ。自ら情報を漏らすヤツもいなかった可能性が高い。

座間は蔑みをこめ、唇を緩めた。

「組織捜査だの科学捜査だの言いだして、警察は昔ほど怖くはなくなった。あんたみたいな刑事も減ったしな。あんたらは猟犬みたいな存在だった。こっちが隠したいことを探り当て、追ってくる。それに比べて今の刑事は、大人しい。情報がなければ動けないんだから」

座間の言う通りだ。思わずうなずきそうになり、寸前で止める。

「警察のことはどうだっていい。幽霊の事を話せ」

「実のところ、それ以上は俺もよく知らない。仲間内では、『幽霊』がよみがえった。だから『亡霊』だって言ってる」

「亡霊……」

「ヤツが噂通りなら、安達の警備システムも突破できたはずだ」

「しかし……」

また儀藤が口を挟んできた。

「そこまでの腕利きであるにもかかわらず、犯人はヘマをしています。家人である安達氏と鉢合わせをして、さらには殺害してしまった。あなたが褒めそやす亡霊とは、どうもイメージが合いませんねぇ」

座間は露骨に顔を顰めてみせた。

「死神とか呼ばれてるくせに頼りねえな。亡霊の目的が盗みだとどうして判る？」

「盗みのプロが警戒厳重な家に侵入する。盗み以外に何が考えられますかねぇ」

「待った！」

宇佐見は声を上げていた。一つの可能性が閃いたからだ。

「安達は質屋をやっていたんだったな」

「ええ。それもかなり阿漕（あこぎ）な」

「盗品を扱っているとの噂もあった。これは仮定だが、『幽霊』と安達の間に繋がりがあったとしたら」

「なるほど。『幽霊』の盗んだ品を安達氏が捌（さば）いていた可能性はありますねぇ」

「『幽霊』のヤツは、俺たちにも面（めん）バレしていないほどだ。しかし……」

「安達氏は顔を知っている」

「『亡霊』として復活したとき、顔を知っている安達は邪魔になる。だから殺した」

あの事件は強盗殺人などではなく、最初から殺人が目的だったのではないか。そう考えれば、現場から何も盗まれていない事にもうなずける。

半ばまで燃えたロウソクがジジッと音をたてた。かすかに揺らめく光の向こうで、座間がゆっくりとこちらに背を向けた。

「気が済んだなら、さっさと出ていってくれ。ここは俺のヤサだ。刑事なんぞに居座られたら迷惑なんだよ」

「座間、ちょっと待てよ」

「そこらへんで一杯やってくる。禊が必要なんでな」

「ちっ、勝手にしろ」

「ま、おまえなんぞに、『亡霊』が捕まえられるわけがねえ。誤認逮捕には、くれぐれも気をつけるんだぜ」

闇の向こうに耳障りな笑い声を残し、座間の姿は消えた。

「言ってくれるじゃねえか。あの野郎」

「あなたは、ずいぶんと泥棒に人気があるのですねぇ」

儀藤の言葉に、宇佐見は思わず声を荒らげた。

「死神だからって、言っていい事と悪い事があるぜ！」

「死神は何を言っても許される存在です。あなたは現場一筋で生きてきた。窃盗の常習犯とは大抵、面識がある。自分が逮捕した者が出所する際には、必ず出迎えに行くそうですね。住まいを世話したり、時には働き口の世話まで……」

「人の事、勝手に調べてんじゃないよ」

「わずかですが、あなたのおかげで更生した者もいるとか」

「そんなバカな事してるから、干されるんだよ。もうそんな時代じゃねえ」

「そうですかねぇ」

「何だよ、思わせぶりな口調は止めろ。言いたい事があるんならな……」

「もう夜も遅い。戻りましょうか」

「帰るんなら、あんた一人で帰れ。俺は捜査本部に戻る」

「申し上げにくい事ですが、本部にあなたの居場所はありません」

「構わねえよ。放っておいてくれ」

「判りました」

「あんたはどうするんだ？」

「内緒です」

「けっ」

「明日の朝、署で合流しましょう」

「判った。ただし、あの開かずの間は止めよう。表でいい。裏の駐車場辺りでどうだい」

「承知しました」

「じゃあな」

宇佐見は儀藤を置いて、表に出た。相変わらず、人の姿はない。

宇佐見は肩を怒らせ、道のど真ん中を歩く。

「亡霊」だと？　上等じゃないか。この俺がとっ捕まえてやる。

5

朝から爽やかに晴れ渡っていた。電柱の陰で、宇佐見は一人、缶コーヒーをすする。ここに陣取って、既に一時間。たった一人では、うかうかと用足しにも行けない。自ら選んだ道とはいえ、そこには一抹の虚しさが漂う。

路地を挟んだ向かい側には、十階建ての分譲マンションがある。敷地は広く、戸数は八十四。地下駐車場を備え、一階には管理人が常駐している。分譲価格は一帯の相場より割高で、最寄り駅までは十五分と少々遠い。にもかかわらず、全戸に入居者がいるのは、富裕層にターゲットをしぼったマーケティングの故だろう。部屋は広く、内装も豪華。セキュリティーも万全だ。

コーヒーを飲みきったところで、背後から近づく足音に気がついた。

「宇佐見さん、こんなところで何やってんですか」

高島の声だった。

何と、よりによって、あの若手に見つかるとは。振り返った宇佐見の前には、困惑顔の高島としかめっ面の名取がいる。

宇佐見は戯(おど)けた調子で高島に言う。

「おまえらこそ、どうした。こんな所で何してる?」

「今日の重点警戒区域は、駅向こうじゃないですか。今日の深夜、窃盗団が動くって情報が入ったんです」

「ゆうべの捜査会議なら、俺も出てた。一番後ろで大人しくしてたから、気づかなかったか?」

「こんなヤツ、相手にすんな」

名取が割りこんできた。挑戦的に目を合わせてくる。

「こんな所を昼間っからぶらぶらして。仕事してるフリにもならないんだよ。あんたみたいなのがいると、教育上、良くないの。やる気ないなら、自分ちで休んでろよ」

「悪いな。模範になれるような先輩じゃなくて」

「あんたの事は、先輩だなんて思ってない」

「判ってるよ。俺の事なんて放っておいて、さっさと持ち場に行け」

「言われなくてもそうするさ。行くぞ」

「でも……待って下さいよ、名取先輩」

半ば引きずられるようにして、高島は連れられていった。

高島……。泣かせてくれるじゃないか。

「なかなか見どころがありますなぁ、あの若い刑事」

「うわぁ、あんた、どこから出てきたんだ」

いつのまにか、背後に儀藤が立っている。泥棒を相手にしているので、人の気配には敏感だった。その宇佐見が、儀藤の気配だけはまったく摑めない。驚きを通り越して、気味が悪かった。

「駐車場で集合のはずでしたが」

「悪いな。昨夜、捜査会議があって、今日の深夜、例の外国人窃盗団が動くって情報が……」

「ええ、今、聞きました。しかし、本部の読みは駅向こうにある高級マンション群ですよね。捜査陣の八割が、その周辺に配置されていると聞きましたが」

「ああ。タレコミによれば、住人の中に窃盗団と通じている者がいるとか」

「なるほど。いくら警備が厳重でも、内部に手引きする者がいれば侵入は容易。一度入ってしまえば、逆に密室性が高いため、外から見られることなく行動できる」

「何一つつけ加える事はない。さすがだ」

「でも、あなたはそう考えてはいない」

「さてな」

儀藤はそれ以上、何も問うてはこなかった。ただ、宇佐見の横でぼんやりと目の前にそびえるマンションを見上げている。

一時間がたったころ、宅配便のトラックがエントランス前に止まった。運転席と助手席から、男が二人、ひらりと飛び降りた。車輪に車止めを噛ませると、荷台から台車をだし、荷物を積み上げていく。鮮やかな手つきだ。

二人はエントランスに入り、管理人に頭を下げると、オートロックドアの手前にあるカメラ付きインターホンに部屋番号を入力、開いたドアから中に入っていった。二人が入り、ドアが閉まる直前、スーツ姿の男性が二人、喋りながらするりとドアをくぐる。

その瞬間から、宇佐見は頭の中でカウントを始める。一、二、三、四……。

百まで数えたところで、電柱の陰から出た。儀藤は無言でついてくる。

マンションのエントランスに入ると、管理人のいる窓に身分証を突きつけた。

「開けろ、緊急事態だ」

初老の管理人は、こちらのペースに乗せられ、何もきかず解錠してくれた。先のスーツ二人をあっさり見逃したことから見ても、実際の役にはまるでたっていない。

外観に比べこぢんまりとしている一階ロビーを横切り、エレベーターに乗る。最上階のボタンを押した。

「どうして、ここだと?」

初めて儀藤が口を開いた。

「経験とデータ、それと勘だ」

「今日の深夜に動くという情報はガセだと?」

「警察の目を引きつけるために、ワザと流したのさ」

「しかし、白昼堂々というのは……」

「経験則に引っ張られ過ぎなんだよ。泥棒といえば空き巣や深夜の忍びこみと考える。人知れず、誰も傷つけず盗むのが美学。そんな時代錯誤な論理が、外国人に当てはまるわけがねえ。ヤツらは昼でも夜でもやる」

「しかし、目撃されたり、見つかって抵抗されたりする恐れがあります」

「抵抗されたら排除する。見られたら遠くに逃げる。被害者のことを考えてくれるほど、ヤツらは親切じゃない」

「この建物に目をつけたわけは？」

「この界隈では一番高い建物だ。そして屋上がある」

「なるほど」

「日本の泥棒は高所を嫌う。逃げ場がなくなるからな。だが外国人窃盗団は、いまも言った通り、抵抗するヤツは容赦なく攻撃する。だから、それほど逃げ道のことは考えない傾向があるんだ」

「だから、屋上から最上階に入る」

「そう。ベランダに下りて、ガラス窓を破るんだ。玄関の複雑なロックを外すより、手っ取り早いだろう。高い建物がないから、屋上での行動を見られる心配もない。宅配便の二人とスーツの二人はグルだ。相手は四人。すぐに出てくるぜ」

エレベーターが最上階に到着する。ドアが開くと同時に、宇佐見は飛びだした。

まるでホテルの廊下のようだ。右側が壁、やわらかな照明の下、左側にドアが整然と並んでいる。

「外廊下ではないから、目撃される確率も減る。まさに狙ってくれと言ってるようなものさ」

「えー、私は一つ心配があります」

「死神さんの心配ってのは、興味深いな」

「相手はかなり粗暴と思われる外国人窃盗犯。我々は二人です。正面からぶつかるには、いささか不利ではありませんかねぇ」

「そんな時の死神さんだろ？」

「いえ、私、体力はからっきしでして」

「何？」

「殴り合いなどやったこともありません」

「銃とか持ってるんだろ？　何しろ、死神なんだから」

「いえ、そのような物騒なもの、持っておりません」

「持っとけよ」

「そう言われましても……」

一番奥のドアが音をたてて開いた。スーツ姿の男が二人、のっそりと姿を見せる。目出し帽をかぶっているので、人相は判らない。部屋の中からは、男性の悲鳴が聞こえてくる。

「や、やめてくれぇ、金は渡した。もうここには何もない」

二人はこちらを指さし、何事かささやき合っている。

宇佐見は身分証を掲げて言った。

「警察だぁ。ポリース。アンダスタンド？」

男たちが突進してきた。体力には大いに自信があった。十年くらい前までは。今では……。

一人のショルダーアタックを全身で受け止めた。衝撃で視界が歪む。すさまじい力だった。重心を落とし、足腰に力を入れふんばった。これでも高校時代は相撲部で、警察官となってからは柔道に目覚めた。

相手の太い腕を取ると同時に足を払い、床に叩きつけた。以前なら、それで完全にノックアウトしていただろう。今は完全に力が乗り切らない。痛みに表情を歪めてはいるが、相手はまだ戦意を喪失してはいない。仕方ないので、起き上がろうとする男の顎に肘打ちをお見舞いする。男がぐったりと倒れこむのに合わせ、奥のドアからさらに二人が現れた。宅配便の制服を着ている。

そういえば、死神は？

宇佐見は振り返る。そこには壁にもたれかかるようにして、目出し帽の男が倒れこんでいた。傍には、いつもと変わらぬどこか眠そうな顔の儀藤がいる。

「やったのか！　すごいじゃないか」

「まぐれです。後ろにひっくり返ったところ、たまたま足が引っかかりましてねぇ。そのまま壁に頭を」

「まぐれでもめぐれでもいい。あと二人だ」

制服姿の二人は、床に倒れた仲間を見て、すぐに状況を悟ったようである。今度は闇雲に突進しては来ず、じりじりと間合いを詰めてきた。もしかすると、ナイフなどの武器を所持しているかもしれない。

「死神さん、もう一度、まぐれ、出ないか？」

「これればかりは、その時になってみませんと」

「頼りない死神だな」

「何しろ、あだ名なものですから」

「当てにした俺がバカだったよ」

相手二人はもう眼前に迫っている。被害に遭った部屋の住人は、どうしているのだろう。

物音を聞きつけた誰かが警察に通報してくれているかもしれない。

それでも、到着までには時間がかかる。せめて、五分は持ちこたえないと……。

男たちが向かってきた。こちらの状況に忖度(そんたく)はしてくれないようだ。

幸い、武器は持っていないようだ。それでも、体は大きく、何より、拳がでかい。ブンとうなりを上げて、右のパンチが宇佐見をかすめていった。

背後では儀藤が逃げ回っている気配がする。あのなりだが、動きは案外素早いのかもしれないな。

そんな事を思っている内に、宇佐見は壁際に追い詰められていた。相手は大ぶりのパンチを繰りだすのを止め、宇佐見の両肩を万力(まんりき)のように締め上げてきた。もの凄い力だった。ほどこうともがくが、びくともしない。

両腕が痺れ力が入らなくなってきた。それを待っていたのか、丸太のような肘が喉元を抑えつけてきた。

まずい。

懸命に手足を動かすが、相手に触れることすらできない。

まったく息ができず、視界の端に光が瞬き始めた。顔が熱くなり、それにつれ、指先の感覚が麻痺してきた。

死神……。

助けを呼ぼうにも声が出ない。そもそも、ヤツも同じ目に遭っているのかもしれない。まぐれは一度だけか……。

意識が遠のき始めた。

くそっ、こんなところで。過去、このような危機的状況はいくらでもあった。普段は人目を恐れ、暗がりに隠れて動く泥棒たちの中にも、いざ追い詰められると豹変する者もいる。数人に取り囲まれ殴打された事もあったし、包丁を突きつけられた事も一度ではない。

それでも何とか、生き延びてこられた。

奥歯を食いしばり、目出し帽から見える茶色い目を見据えた。

右足を蹴り上げると、相手の下腹部に命中した。締めつけていた力が緩む。口から、鼻から、どっと空気がなだれこんできた。

「ふざけんじゃねえぞ」

咳(せ)きこみながら、うずくまる相手の肩をさらに蹴り上げた。仰向けになった男をさらに踏みつけようとしたが、もう体が言う事をきかない。モタモタしている間に、男は立ち上がり怒りに満ちた目をこちらに向ける。

こんなことなら、柔道の稽古を続けておくべきだった。ここ最近は、すっかりやる気をなくし、鍛錬を怠った。そのツケの代償をこんなところで払わされるとは……。

男が拳を振り上げたとき、新たに二人の男が、何かわめきながら躍りこんできた。

まず目に入ったのは、名取だった。宇佐見に殴りかかろうとする男を払腰で投げ飛ばし、一瞬で床に組み伏せてしまった。

「名取……おまえ、何で……」

すぐ脇で何かが倒れる音がした。見れば、もう一人を高島が、やはり組み伏せている。さらにその脇には、まるで野次馬のような顔をした儀藤が立つ。

「高島まで……おまえら……」

高島が肩で息をしながら言った。

「名取先輩ですよ。気になるから、戻ろうって」

足下に目を移すと、名取が居心地悪げに顔を歪めていた。

「あんたの事を心配したわけじゃない。手柄が欲しかっただけだ」

後ろ手に締め上げながら、名取は男を立たせる。

「やればできるんじゃないっすか、宇佐見巡査部長」

不敵に笑うと、名取は高島を促し、男たちをエレベーターの方へと連れて行った。

耳をすませば、遠くにサイレンの音がする。

足下から力が抜け、壁に背をつけたままへたりこんだ。

名取のヤツ……くそっ。

自然と笑みがこぼれた。

「あのぅ」

儀藤がノロノロと近づいてきた。

「こちらの件は片付いたようですねぇ。今度は、私の用件に付き合っていただけますか」

6

赤坂西警察署に戻った儀藤は、そのまま地下室への階段を下りていく。上階の捜査本部は、犯人一味の現行犯逮捕により、上へ下への大騒ぎだ。しかも逮捕の発端が宇佐見の命令無視なのであるから、管理官たちの怒りようは相当なものだろう。

その当事者たる宇佐見に今もって「追っ手」がかからないのは、儀藤の力によるものなのか何なのか。

儀藤はドアを開くと、うやうやしく、中へ入るよう宇佐見を促した。

「どうぞ、中へ」

　部屋の中は一変していた。壁という壁に写真や地図、報告書の類いが貼りつけられている。すべて捜査資料としてファイリングしてあったものだ。安達や座間の顔写真、ご丁寧に宇佐見のものまであった。

「何なんだ、こりゃ」

「昨夜一晩、ここで考えておりました。本来なら現場に立ち返りたいところなのですが、残念ながら、もう残っておりませんのでねぇ」

「しかし、こんなゴチャゴチャ並べたてて、何か判ったのか？　逆に混乱しそうだが」

「もちろん、判りました」

「つまり、亡霊の正体が判ったのか？」

「ええ。たとえ相手が亡霊だろうと、逃げ得は許しません」

「で、どこのどいつなんだ？　亡霊は？」

「順を追って、ご説明いたします。まず着目すべきは、遺体発見のきっかけにもなった家政婦です」

　あの機関銃のごとくに喋る女性の姿が、よみがえる。

「まさか、あの人が亡霊？」

「違います。あの方はただよく喋るだけで、実に善良、かつ優秀な家政婦さんでした」

「話がよく判らないな。じゃあ誰なんだよ」

「順を追って、ご説明すると申し上げたはずですよ。遺体発見の日、家政婦の方は三十分早く安達氏の家に行った」

「謝罪の必要があったんだろう？　ゴミだか何だかをだし忘れたとかで」

「それです」

儀藤はにんまりと笑う。

「家政婦さんは一日おきに安達氏宅に通っていた。だからゴミをだし忘れたのは遺体発見の二日前です」

「そんなことは判っている。足し算と引き算くらいはできるからな」

「ではおききしますよ。家政婦さんの証言から、見えてくるものは何でしょうか」

いざそうきかれると、答えはなかなか出てこない。

「その……何だ、ゴミだしを忘れるほど家政婦はそそっかしい。慌てて謝罪しなければならないほど、安達氏は気難しい」

「ブーですよ。難しく考えすぎです」

「もったいぶらずにさっさと答えを言えよ！」

「遺体発見の前日が、ゴミの日だったということです」

儀藤のこだわりの意図がまるで摑めない。

「ゴミの日がどうだと言うんだ？　安達殺しと関係があるとは……」

「安達氏は移り気で短気でした。いろいろな事に手をだしては、上手くいかないとすぐに飽きて放りだしていた。家政婦さんはそう証言されていましたね」

「ああ。それでも金だけはあるから、無理無体が通ったわけだ」

儀藤は壁に貼られた写真を指さす。書斎の棚の全景を写したものだ。

「ここにその名残があります。骨董品やら油絵の道具一式、ボクシングのグローブや華道の花生けまである」

「その辺については、何度も調べたはずだ」

「一方で……」

儀藤は下の方に貼られた金庫の写真を示した。

「この金庫に入っていた三百万ですが、それは麻雀で大負けして、取られたものでしたね」

「ああ」

「移り気で負けず嫌い。それだけ酷い目に遭えば、もう麻雀とは手を切りそうなものですね」

「たしかに」

「安達氏を殺害した犯人は、金庫を物色している際、安達氏に発見され、手近にあったトロフィーを摑み撲殺した。こういう事になっていますね」

「ああ」

「麻雀で大負けした負けず嫌いで短気かつ移り気な人物が、そのトロフィーをそのままにしておくでしょうか」

「あ！」

儀藤が導かんとしている方向が、ようやく宇佐見にも見えてきた。

「そう、ゴミだ。あの、何とか言う……」

「デキストリン、食塩、粉末しょうゆ、ほたてエキスパウダー、ワカメ、バナナの繊維」

「ワカメスープとバナナ！」

「安達氏はトロフィーを、いったん捨てたのではないでしょうかねぇ。その日に限って、家政婦はゴミだしを忘れ、玄関先に置いたままになっていた。安達氏はそこにトロフィーを入れ、自分自身で所定のゴミ置き場まで運んだ」

「しかし、トロフィーは書斎に戻ってきていた。まさか、侵入者が捨てられたトロフィーを持ちこみ、凶器として使用したとでも？」

「家政婦が言ってましたね。翌日が燃えるゴミの日だったから、と」

「そうか。可燃ゴミの袋にトロフィーは入れられない」

「そう。もし家政婦の方がゴミだしをしたのであれば、早々に気づいたでしょう。しかし、安達氏はそんなこと気にも留めなかった。そして翌日、外出先から戻った安達氏は、ゴミ収集場に残されたトロフィーに気づく」

「不燃ゴミなので、気づいた作業員が残していったんだな」

「ゴミ袋ごと放置しておかなかったのは、作業員の優しさでしょうかねぇ。ただ、メモの一つも書いて残したでしょう。これは可燃ゴミではありませんとか何とか。いずれにせよ、ポツンと残ったトロフィーに安達氏は気づく。名前入りのトロフィーがゴミ捨て場に放置されているのは、あまり外聞の良い話ではありません。彼は慌ててそれを回収し、自宅に持ち帰った」

「ワカメスープとバナナの成分が付着したのは、トロフィーがゴミ袋の中にあったから。正体不明の指紋というのは……」

「恐らく作業員のものでしょうね。メモを書く際、手袋を外し、そのままトロフィーに触れたのでしょう」

　儀藤の推理は、それなりに筋が通っている。しかし、どれも根本のところでは要所を外していた。

宇佐見は奥の壁に貼られた写真の一枚を指す。安達の遺体と床に転がった凶器のトロフィーだ。

「トロフィーの謎についてはそれでいいとしても、肝心の殺しについてはまだ五里霧中だ。亡霊の正体についても然り」

だが儀藤は、物であふれた棚の写真の前から、離れようとはしない。

「この棚には、主に飽きられ、顧みられなくなった物があふれています。安達氏が、興味をなくしたものをここに放りこんでいたとするなら、凶器のトロフィーももはや、この中で朽ち果てる運命にあったのではないですか？」

宇佐見は気づいた。儀藤の言葉は、捜査本部が当時だした見解の矛盾を指摘している。

「犯人は安達ともみ合い、傍にあったトロフィーを取り、彼を殴り殺した――。だが、あんたの言う通りなら、トロフィーはもはや、手が届く範囲になんて置かれていなかった」

「そうです。ゴミ置き場から回収されたトロフィーは、棚の上部に放りこまれていた可能性が高いのです」

「しかし、だとすると、犯人はなぜわざわざ高所にあるトロフィーを凶器として使ったのか……」

「書斎内から見つかった物の中にゴルフボールがいくつかありましたね」

妙な方向に話が飛んだ。

宇佐見は壁の写真の一枚に手を置く。そこには壁にたてかけられたゴルフバッグが写っていた。

「これを見る限り、一時期ははまっていたんだろうな」

「部屋にあったゴルフボールすべてを、今一度、調べてもらいました」

「調べた？　どうやって？」

「友人の少ない私にも、頼みを聞いてくれる者が数人いるのですよ。フフフ」

後ろ暗い笑みが儀藤の口元に浮かぶ。それから察するに、決してまっとうな関係ではないのだろう。弱味を握っての脅迫？　つい、そんなことを考えてしまう。

「その内の一個から、繊維片が見つかりました。さらに調べたところ、被害者が死亡時に穿いていた靴下のものと一致しました」

「何だって？」

「こう考えることはできませんか。安達氏は一人、書斎に入ってくる。そこで床に転がったゴルフボールを踏んだ。バランスを崩した彼は、棚にぶつかる。その衝撃で、上段に置いてあったトロフィーが落下、安達氏の頭部を直撃した」

儀藤の言葉は、宇佐見の頭の中で、鮮やかな画像となって再現された。

「……つまり、これは……事故ってことか？」

「そう考えるべきではないかと。高度な防犯システムなどが役に立たなかったのは、当然です。侵入者などいなかった。亡霊は亡霊。最初からいなかったのです」

呆気ない答えに、宇佐見は思いのぶつけどころをなくしていた。自分たちは存在しない犯人を追い、座間を誤認逮捕したのか。

座間……。はたと思い至る。

「しかし、ならばなぜ、座間たちは我々に『亡霊』の話を？　ヤツらもまた、我々と同じような間違いを犯していると？」

「そんな事はないでしょう。それよりも、防犯体制や現場の状況を考え、座間さんたちは、我々より早くに真相までたどり着いた。そう考えるべきではないですかねぇ」

「真相が判っていたのなら、どうして『亡霊』なんていもしない犯人を？」

「判りませんか？」

探るような目で宇佐見を見る儀藤。彼が時おり、見せる表情だった。

「そんなこと、俺に判るわけがない」

「宇佐見さん、鏡をご覧になるといい。あなたはいま、実に活き活きとしている。最初に会った時とは、まるで別人だ。失っていた情熱を取り戻したからです。では、一度消えた情熱に再び火をつけるきっかけとなったのは、何だったのでしょう？　火をつけたのは、誰だったのでしょう？」

「それは……」

間接的には儀藤かもしれない。座間の再捜査を通し、俺は自分を取り戻す事ができた。だが、この気力、充実感の出所はもっと別なところだ。長く忘れていた高揚感。窃盗犯を前にして、命がメラメラと燃え立つ興奮。それらを思いださせてくれたのは……。

「まさか」

「敵でありながらも、人として親身になってくれるあなたを、座間さんたちは捨ておけなかったのですよ」

「あ、あいつらが……俺のために？」

「追うべき相手を作る事で、あなたの情熱に、生きる力に火をつけたのです」

にわかには信じられない事だった。今まで宇佐見は、彼らを追い、追い詰め、刑務所に送ってきた。そんな憎むべき刑事である俺を、ヤツらが助けた？

言葉をなくした宇佐見に、儀藤は穏やかに語りかけてくる。

「私は正直迷っていました。この真相をお伝えするべきかどうか。架空の亡霊を追いかける事で、あなたが生きる力を保てるのなら、真相を語らぬまま去るつもりでした。ですが、昼間の様子を見て考えを変えたのです。あなたはもう自力で立ち直っている。真相を話しても大丈夫だと思ったので、ここにこうしてお連れしたのです」

儀藤は壁の写真をぐるりと見回し、疲れ切った様子でため息をついた。

「さて、事件は終了です。後片付けを始めますかね」

「手伝うよ」

写真はすべて捜査資料だ。ファイルにきっちりと戻さねばならず、手荒く剥がすわけにもいかない。

「お願いします。一人ではさすがにきつい」

「しかし、こんなに写真を貼りまくる必要あったのか？」

「まあ、私なりの演出です。止めておくべきでしたねぇ」

宇佐見は苦笑しつつ、写真の一枚に手をかけた。

「宇佐見さん」

ドアが開き高島が飛びこんできた。

「こんなところにいたんですか。探しましたよ」

「おう、何か用か？」

「何か用かじゃないですよ。捜査本部に来て下さいよ。課長も管理官も待ってるんですから」

「え？」

「とにかく早く。窃盗団捕まえたのは、宇佐見さんでしょう」

腕を取られ、部屋から引っ張りだされる。

「待てよ。俺はいま、捜査三課の人間じゃない。儀藤警部補の部下なんだ」

儀藤が青白い顔でこちらを振り返った。

「行って構いません。宇佐見巡査部長、ただいまを以て、再捜査の任を解きます。元いた部署に戻って下さい」

「いや、しかし、この部屋の整理が……」

「そんなことは、私一人で十分です」

やり取りの間も、高島は「早く早く」と腕を引く。

「で、では、ここで失礼します。儀藤警部補」

「早く行ってあげなさい」

儀藤はこちらに背中を見せ、写真をペリペリと剝がしていく。その姿はどこか寂しげだ。

ドアが音をたてて閉まり始め、死神の孤独な姿はすぐに見えなくなった。

死神　対　英雄

1

冨藤歩は、開店を一時間後にひかえた店内を見渡す。今日は猛暑日になるとの予想が出ていた。夕方にはゲリラ豪雨の可能性もあるとか。スポーツ飲料やお茶などの仕入れはかなり厚めにしてあるから、欠品の心配はない。ビニール傘の在庫もばっちりだ。雲行きを見て、レジ横のスペースに並べればいい。

野菜の高騰が響いているが、価格への転嫁は難しい。これまで容量を減らしたり、小分けパックの陳列を増やしたりして、割高感が出ないよう工夫してきたが、そろそろ限界も近い。思い切って価格転嫁を考える時期なのかもしれない。

「ジャンボキング」は、都内を中心に二十四店舗を展開するスーパーマーケットである。祖師ヶ谷大蔵にあった八百屋の主人小松原四郎が一代で築き上げたもので、全店舗共に売り上げは好調、年内中にあと二店舗が新規オープンする予定だ。

歩が勤務する三軒茶屋店は、店舗面積四百平方メートル。スーパーとしては中規模に分類される。国道二四六号から一本、東に入ったところにあり、お世辞にも立地が良いとはいえない。それでも、開店から閉店まで、ほぼ一日中客足が絶えず、コンビニなどの競合店を圧倒し続けている。

その理由の一つは、小松原が提唱する地域密着一店独立主義だ。

「ジャンボキング」は多店舗展開をしてはいるが、各店舗の独立性を認めている。本部がすべてを管理し、商品選択から値段設定までを一括して行う従来の方式とはまったく異なるシステムだ。

スーパーは、その土地その土地の色が出る。だから、それぞれの店が自分の色を持って、地域に溶けこんでいかねばならない。

小松原がいつも繰り返して言うことだった。

各店舗は、店長を中心に副店長、正社員はもちろん、パート、アルバイトに至るまで等しく発言権が与えられており、店によってはベテランのパート従業員が店の屋台骨を支えていたりもする。賞与、年次休暇なども手厚く、残業を減らし、週休二日を徹底する。最近では、「ホワイト企業」として様々なメディアで紹介されていたりもする。

一方で、小松原は店舗同士を激しく競わせ、ライバル心を煽ることも忘れてはいなかった。

年間最優秀店舗を表彰するというイベントが設けられ、それに選ばれた店舗の全従業員には、特別賞与、特別休暇が与えられる。その他にも仕入れや接客、陳列などあらゆる部門でランキングが行われ、上位に入れば何らかの褒美を得ることができるのだ。

この飴と鞭とも取れるやり方で、「ジャンボキング」は今年も破竹の勢いで成長していた。

そして今現在、年間最優秀店舗賞の筆頭候補にあるのは、ここ三軒茶屋店である。

一日一日が勝負であり、ミスは許されない。

店内統括チーフを務める歩は、やりがいとプレッシャーの狭間で、日々を懸命に生きていた。

「毎日、そんな緊張しなくていい。もたないぞ」

店長の岩崎(いわさき)ゆたかが、銀フレームのメガネの向こうから、乾いた視線を送っていた。口調は穏やかだが、内心までは見通せない。色白で常に冷静沈着な若き店長には、どこか人を拒絶するような冷たさがあった。

彼の指示は常に的確であり、人を見る目にも長(た)けている。三軒茶屋店がこの二年間、最優秀店舗に君臨しているのは、岩崎店長の功績にほかならない。

ただ、この店には他店に見られるような、一体感が欠けている。歩は常々、感じていた。

言うなれば、ここは岩崎のワンマン経営店舗であり、副店長を始め、残りの者はあくまで店長をサポートする部品にすぎない――。

もし彼が生きていたなら……。

岩崎は歩の前を離れ、青果コーナーの担当に指示を与えていた。

開店まであと三十分。

さあて……。

「あのぅ」

突然、背後から声をかけられ、歩はのけぞった。

いったいどこから入ったのか、黒い服装をした小男が、トマトを手にして立っている。

「えっとあっと……」

歩はそれとなく警備員を探すが姿はない。今は裏の駐車場で朝礼の最中だ。

「お、お客様、当店はまだ開店前でございまして」

「それは判っています。ですので、裏から入りました」

「裏……って、では、そのトマトは？」

「搬入口のところに落ちていましてね。このまま廃棄になるのは忍びないと、持ってきてしまいました」

「お客様……申し訳ないのですが、その商品をお売りすることはできません。別のものとお取り替えさせていただけますか」

「替えていただく必要はありません。私、トマトはあまり好きではなくて」

何とも厄介な客が来た。新手のクレーマーかもしれない。

開店前を理由に追い払っては、後々、何を言われるか判らない。

「ではお客様、開店まで三十分ほどでございます。それまで、あちらのイートインスペースで、お待ちいただくということでは？」

「残念ながら、待っている時間もないのです。私は人に会いに来たもので」

「人？　お名前をうかがってもよろしいですか？」

「あなたです」

「あなたさん。そのような者はこちらにはおりませんが」

「いえ、そうではなく、あなたです」

「ですから、あなたですよね。下の名前はお判りですか」

男は生え際が後退した額を、ポリポリと掻いた。

「ええっと、あなたは冨藤歩さんですよね」

「はい。え？　あなたのおっしゃるあなたっていうのは、ＹＯＵの意味ですか？」

「そう、ＹＯＵです。私はずっとＹＯＵを探していたのです」

「あ、ごめんなさい。私、時々、トンチンカンなこと言っちゃうことがあって……」

「いえいえ、トンチンカンは大好きです。それで、私、こういう者です」

男は胸ポケットから名刺を差しだした。連絡先も何もない、ただ真ん中に「警部補　儀藤(ぎどう)堅忍(けんにん)」とだけ書いてある。

「警視庁の方から来ました、儀藤堅忍と申します」

警視庁という言葉を聞いて、頭の中心がズキンと痛んだ。

「警視庁？　警視庁っていうと、桜田門？」

「はい。桜田門以外に、警視庁はありありません」

歩は声を落とし、儀藤に詰め寄った。

「こんなところまで、何しに来たんですか。警視庁を退職して以来、私は何もしていません！」

「新人警察官として、あなたは伝説的人物でした。交通パトロール用のパトカー一台をおシャカにし、署内のＰＣ一台を破壊、その他、女子寮内で小火(ぼや)、誘拐犯と間違え実父を連行。不祥事のデパートと言われ……」

「いえ、違うんです。パトカーは、その、ネコを避けようとして、アクセルとブレーキを踏み間違えただけです。パトカーはおシャカになりましたが、ぶつかったのは警察署の塀で、人的被害は、私が額を二針縫った以外、ありませんでした。あ、猫は無傷でした。ＰＣは、お茶をこぼしただけで、小火はアロマキャンドルを消し忘れただけで、実父を連行したのは、子供があまりに泣いていたものですから、つい……」

「つまり、すべてはあなたの責任ということになります」

「だから、向いてないと思って退職したんです。慰留もされませんでしたし、交通課の課長なんて、明らかにホッとした顔してました」

「ええ、目に浮かびます」

「だから、もう警察とは関わり合いになりたくないんです」

「勘違いしてはいけません。私は、あなたの退職にまつわるあれやこれやを非難しに来たのでも、何かの取り立てに来たのでもありません」

「え？　そうなんですか」

「それどころか、あなたを特別に、再び警察官として雇用しようとしているのです」

「お断りします」

「即決ですか」

「もう、あの世界とは二度と関わりたくありません。特に、ここでの仕事を経験した後では」

「スーパー『ジャンボキング』。こちらの仕事は、あなたに向いていたようですね」

「小松原社長が勧めてくれたんです。警察官より、こちらの方が向いているんじゃないかって。その通りでした」

「社長には大恩があるわけですねぇ」

「ええ。警察を辞めたあと、偶然、『ジャンボキング』が社員募集している事をネットで知って、応募したんですよ。正直迷いもあったんですけど、最終面接で小松原社長の話をじっくり聞いて、これだ！　って」

歩の言葉を受けて儀藤は、分厚い唇をくにゃりと曲げる。笑っているのだとしたら、この上なく嫌な笑い方だ。

「その大恩人と出会った経緯を思い起こして下さい」

「忘れるわけありませんよ。三年前に起きた『ジャンボキング』祖師ヶ谷大蔵店での、強盗殺人事件の捜査で……」

失敗を連発する歩に対して、交通課長がうんざり顔で言った言葉が、ふとよみがえった。

『おまえなんか、死神の相棒にされりゃいいんだよ』

警視庁には、無罪判決が出た事件を専門に再捜査する刑事がいるという。そのあだ名は死神。死神は再捜査に乗りだす際、事件に関係した警察官一人を相棒に指名する。無罪判決が出る事は、警察にとっては最大の汚点であり、再捜査は古傷を抉るに等しいものだ。

『死神の相棒として再捜査に協力したヤツは、仲間からの信頼を失う。つまり、警察組織の中でつまはじきにされるってことだ。とても警察官、続けてはいけないよな。だから死神ってあだ名なの。ま、ただの都市伝説みたいなもんだけどな。俺にとっての死神は、冨藤、おまえだよ』

歩はまざまざとよみがえりつつある、警察官時代の悪しき記憶に呑みこまれていった。

「たしか、死神の名前は、カトウだとか、キトウだとか」

「正しくは儀藤です。死神はあまりありがたくないあだ名です。まあ、私は気に入っているのですがねぇ」

歩にとっては、警察自体が死神のようなものだった。怒られ、怒鳴られ、蔑まれ、一時は本気で自殺すら考えたのだから。

「死神だろうが、貧乏神だろうが、私にはもう関係ありませんから。帰って下さい。警備員を呼びますよ！」

「実のところ、あなたに拒否権はないのです。確かにあなたは一般人でありますが、特例をもって、本日付けで特別捜査官に任命されています。あなたは既に、私の指揮下にあるのですよ」

「そ、そんな無茶苦茶な」

歩は携帯をだし、検索サイトに「弁護士」と入力する。

「弁護士に相談します」

「しても無駄だと思います。それよりも、私の話を聞いて下さい。ここまで無理をしてあなたを指名したのには、訳があるのです」

画面にズラリと並ぶ弁護士のサイトを見ながら、歩はいったん手を止めた。

儀藤の言葉が粘っこい調子と共に、耳にまとわりつく。

「今回、私が担当する再捜査事案は、あなたが先ほど言われた『ジャンボキング』祖師ヶ谷大蔵店での、強盗殺人事件の捜査なのです」

携帯を持つ歩の手が震えた。

「冨藤歩さん、あなたが小松原氏と出会うきっかけとなった事件です」

歩は携帯を戻し、儀藤を正面から見据えた。

「再捜査だなんて、信じられません。店長を殺害した二人組は逮捕され自供もしています。裁判で自供を翻すこともなかったと……」

「公式の発表はまだですが、事態は大きく変わりましてね。しかし……」

儀藤はわざとらしく、左右を見渡す。

「そろそろ開店時刻のようですねぇ。私の話は業務が終わってから、あらためてということで」

完全に儀藤のペースにはまっていた。

「いえ、少しここで待っていて下さい」

歩は飲料コーナーでペットボトル入り麦茶の本数を数えている岩崎の許へと走った。

「店長」

「冨藤さん、顔色が悪いけど、どうかしましたか？」

さして心配そうな様子も見せず、岩崎は言った。

「はい、ちょっと気分が悪いので、今日、休ませていただいても、いいでしょうか」

岩崎は離れた所にたたずむ儀藤に目をやりつつも、あっさりとうなずいた。

「今日はキャンペーンもないし、スタッフの手も足りてる。構いませんよ」

「ありがとうございます」

歩と不審な小男が悶着を起こしていることを、岩崎は判っている。それでいて、まったく踏みこんではこない。それがありがたくもあり、店のリーダーとしては物足りなくもあった。

そう、やはり岩崎とあの人とは違うのだ。強盗から店員と客を守り命を落とした英雄、田坂典文(さかのりふみ)とは。

2

売り場の裏にある従業員専用通路に、歩は儀藤を連れて行った。「ジャンボキング」各店舗は、トラックが入る搬入口から台車などでスムーズに荷を運べるよう、動線が考えられている。今もアルバイトやパートたちが忙しく行き交っている。

その間を縫い、事務室、店長室を過ぎた一番奥に、従業員用の休憩室がある。人数に比してかなり狭い部屋だが、昼食を取ったり、飲み物を飲んだり、ここでは比較的自由に過ごすことが認められていた。開店前のこの時間、人は誰もいない。

「前職のことは、あまり人に聞かれたくないんです」

「まあ、そういう人は多いでしょう。気をつけます」

儀藤は殊勝に頭を下げつつ、部屋の隅に積まれた段ボール箱の前に立つ。

「そんなことだろうと思いまして、捜査資料はこちらに運ばせていただきました」

「超機密扱いの捜査資料を、こんなとこに置きっぱなしにして、不用心でしょう！」

「それはそうなのですが、ここ以外に持っていく場所がないのです。私は警察の中でも嫌われ者で通っていましてね、場所を貸してくれるところがないのです。事件の管轄であった世田谷中央署にも断られる始末でしてねぇ」

「警察の人たちは、験担ぎをしますから。死神なんかに来られたら、迷惑ですよ」

「だから、ここに来ました」

「こっちだって迷惑です！　ここは客商売なんですよ」

儀藤は陰気に目をしょぼつかせる。

「まあ、それはそれとしてですね、あなたにはまず、事件概要を語っていただきたいのです。私はまだ事件についてよく知らないのです」

「担当の事件について、知らないんですか？」

「私は警察の中でも嫌われ者で……」

「それはさっき聞きました。私も酷い扱いを受けましたけど、死神さんも相当ですね」

「ええ。お仲間です」

「一緒にしないで下さい。だけど、事件概要といっても、私は当時交通課勤務で、助っ人として呼ばれただけですから、あまり詳しくは知りませんよ」

「ざっとで構わないのです」

儀藤は段ボール箱をこじ開け、中のファイルをパラパラとめくっている。歩はあきらめて、思いだしたくもない記憶を手繰る。

「事件が起きたのは、スーパー『ジャンボキング』祖師ヶ谷大蔵店です。午後二時丁度、二人組が店に押し入り、レジにいた女性に金を要求しました。犯人は『ブルーマン』の覆面をしていて……」

「何です、その『ブルーマン』というのは」

「今も放送しているヒーロー番組の主役です。地球を狙う怪獣、怪人と戦う銀色の巨人の話で、もうかれこれ二十年以上、放送しています」

「ほほう。詳しいですね」

「三軒茶屋店は今、食品玩具に力を入れています。『ブルーマン』のオマケ付きの菓子は大人気で、そのために商品知識を身につけただけです」

そんな歩の顔を儀藤は、しげしげと見つめる。

「自信にあふれた顔だ。この仕事が合っているんですね」

「ええ、自分でもびっくりするくらいに」

「そうですか」

新しい人生を見つけた矢先、過去から来た死神が私を苦しめているのだ。そんな意味を言外にこめたのだが、儀藤にはまったく通じていないようだった。

「それで、『プールマン』の覆面を……」

「『ブルーマン』です」

「『ブルーマン』の覆面をした二人組が押し入り、レジから金を強奪しようとした」

「当時、祖師ヶ谷大蔵店の店長は岩崎さんでした」

「今、この店の店長をしている？」

「ええ。事件発生時はバックヤードにいて、気づくのが遅れました。その代わりに、たまたま、届け物をするため来店していた田坂典文さんが、犯人との応対に当たりました」

「被害者ですね。資料によれば、当時彼は、ここ三軒茶屋店の店長であったとありますが」

「ええ。田坂さんと岩崎さんは同期入社で、常に最優秀店舗の座を争うライバルでした」

「しかし、どうして田坂氏がライバル店にいたのです？」

「ライバルといっても、あくまで同系列店の仲間ですから、お互いに助け合います。あの時は、祖師ヶ谷大蔵店でココアの欠品が出て、三軒茶屋店の在庫から商品を補充するため、田坂さんが出向いたと聞いています」

「なるほど。系列店内で商品を融通し合うわけですな」

「その通りです。二人組が押し入ってきたとき、田坂店長は商品を陳列していました。彼はレジの女性をかばい、犯人たちと相対しました」

「田坂氏は抵抗したのですか？」

「いえ、目撃者の証言によれば、客の一人が犯人たちに食ってかかり、犯人のうち激高した一人がナイフで斬りかかったと。それを止めようと、田坂さんはもみ合いとなり、腹部を二カ所、刺されました」

「犯人二人はそのまま、何も盗らずに逃走。田坂氏は救急車で搬送されるも、二時間後に出血多量で死亡……ですか」

「すぐに非常線が張られ、犯人たちの追跡が行われました。私は現場で車両の誘導などをしていただけですけど」

儀藤は新しい箱を開け、分厚いファイルを「よっこらしょ」と取りだした。

「ええっと、通報から一時間半後、現場から二キロのところで、パトロール警官が二人組に職務質問。二人は警官を突き飛ばし、逃走。それが、沼田（ぬまた）和佐（かずさ）と沼田寛人（ひろと）の兄弟ですね」

「そこから一時間近く逃げ回って、最後は駐輪場か何かで大乱闘になったとか」

「伸縮式の警棒、折りたたみ式ナイフを所持。自宅からはクロスボウや違法薬物も押収。相当なワルですねぇ。十七歳と十五歳でパチンコ店を襲って少年院へ。その後も悪事を重ね、和佐二十二歳、寛人二十歳で『ジャンボキング』を襲ったと。いやはや」

歩はファイルを置いた儀藤に尋ねた。

「でも、この二人が犯人で間違いないんですよね？　自白もしたし」

儀藤は悲しげな目で首を振る。

「それが、そうとも言いきれなくなってきましてねぇ」

「でも二人の裁判は終わって、刑も決まっているはずでは？」

もし彼らに無罪判決が出たのなら、大きなニュースになるはずだ。歩の耳にも入らないはずがない。

儀藤はポケットから携帯を取りだした。

「携帯、持ってるんですか」

「持ちたくはないのですが、ないとあまりに不便でして。この動画をご覧いただきたいのです」

画面をこちらに見せる。動画が既に始まっていた。暗がりに数人の男がたむろしている場面だった。音は消してあるため、何をしているのか判らない。

歩は画面に顔を近づけた。

その瞬間、画面が変わり、地面に横たわる男性の姿が大写しになった。血みどろで、人相も定かではない。微かに痙攣している男性を、取り囲んだ四人の男がいたぶっている。小突いたり、足で蹴りつけたりと正視に堪えない光景であった。

「な、何なんですか、これは！」

歩は目を背ける。

儀藤は画面を歩に向けたまま、間延びした調子で言う。

「三年前、中央区の倉庫跡で、男性の遺体が見つかりました。数日間行方不明になっていた会社員の男性で、家族から捜索願も出ていました。金品が抜き取られていたことから、強盗として捜査が行われましたが、未解決となりました」

「もしかして、その動画って……」

「その時の犯行をすべて撮影したものです。実は、一ヶ月前、犯人の一人がこの動画を持って自首してきたのですよ。罪に耐えきれなくなったと」

「耐えきれなくなったって、そんな勝手な」

「理由はどうあれ、自首は自首。すぐに取調べが行われましたが、事件の闇は予想より深いものでした。犯行に加わっていたのは六人。そして、余罪があったのです」

「ほかにも人を襲っていたってことですか？」

「八人です。金目当てに襲って、殺害したと供述しました」

「八人!? 金目当てって言いましたけど、動画を見る限り、とてもそんな風には見えないです。どちらかっていうと……なぶり殺しみたいな」

「私も同意見です。金はつけたしなのでしょう。彼らは単に人を殺したかった。実際、被害者たちは顔見知りですらなく、たまたま目についた者を拉致し、殺害していたようです」

「酷い。酷すぎます」

「犠牲者は関東近県に散らばっており、管轄が異なるため、同一事件とは見なされず、迷宮入りしていました。中には遺体が埋められ、見つかってすらいないものもありました」

「あの死神さん」

「何です？」

「その動画、そろそろ切ってもらえませんか」

画面内では、事切（ことき）れた男性に対して、なおも執拗に暴力が加えられている。

「ああ、これは失礼」

儀藤は携帯をポケットに戻す。

「それで、その酷い事件と、今回の事件の再捜査にどんな関係があるんです？」

「自首した者が提供した動画はかなりの数に上り、犯行に関わった六人、全員を逮捕できるものでした。ただ、動画には常に、あの二人が映っていたのですよ」

「まさか、沼田和佐と沼田寛人ですか？」

「そうです。さらに困ったことに、最後の八人目の被害者の殺害動画、それが撮影されたのが……」

「祖師ヶ谷大蔵店が襲われた時刻？」

儀藤が陰気に笑う。

「ピンポーンです」

「不謹慎ですよ」

「死神とは不謹慎なものです。とにかく、思いがけないところで、二人のアリバイが成立してしまったのです」

「殺人によって強盗殺人のアリバイができる……。何だか無茶苦茶です」

「今の世の中は何でもありですからねぇ。二人がさっさと罪を認め服役したのは、無差別連続殺人とも言える未解決事件への関わりを隠すためだと思われます。何しろ、そちらへの関与が判れば、死刑判決が出るのは間違いないですから。彼らとしては、苦渋の選択をしなければならなかったのです」

「それが今、別の証拠によって崩れた」

「祖師ヶ谷大蔵店強盗殺人事件に関して、二人は無罪なのです。ただし、非常にデリケートな内容を含みますので、マスコミ発表はまだ先になるとのことで」

「それで、再捜査が先行してるってわけね」

「真犯人逮捕後であれば、発表をしても風当たりはそれほど大きくない。上層部はそのように判断したようですね」

歩はげんなりする。面子ばかり気にして、間怠っこしいことばかりしている。そんな警察組織にすっかり幻滅していた。

しかし、それと再捜査とは別問題だ。田坂店長を殺した真犯人が野放しとなっているのであれば、何としても捕らえねばならない。

「判りました。自分でよければ、協力します。逃げ得なんて絶対に許しません！」

歩の言葉に、儀藤はなぜか狼狽えたようであった。右手の人差し指をピンと立てたまま、目を泳がせている。

「あれ？　どうかしました？」

「い、いえ。あなたはそのぅ……歴代相棒の中でも、予想がつかない言動をしますね」

「はい。警察官時代もそう言ってよく褒められました」

「褒め言葉ではありません」

「え？　そうなんですか？」

「とにかく、もう一度、当時の関係者に当たりたいのです」

「それはつまり……」

「店長の岩崎氏から、始めましょうか」

3

儀藤の自己紹介を聞いて、岩崎は薄い眉を微かに上下させた。パソコンがデンと据えられた店長室で、三人は肩を寄せ合うようにして、向き合っていた。ドアの向こうからは、開店直後の慌ただしさが伝わってくる。そんなときに店長と店内統括チーフが消えたのであるから、現場はてんやわんやであるに違いない。

「再捜査……そして、元警察官である冨藤さんが相棒、ですか」

「社長には了解を取っています。あくまでも特例という事で」

「まあ、こちらとしては、別に構いませんけど」

あっさり言われ、歩の心は少し傷ついた。

そんなことには頓着なく、儀藤はさっそく質問を開始する。

「事件が起きた時、あなたはバックヤードにいたのですね？」

「ええ。あの日はお客様が多く、休憩を取る暇もないほどでした」

「三軒茶屋店の店長である田坂氏が、祖師ヶ谷大蔵店に来たのは、欠品を届けるためであったとか」

「ココアです。前日の健康番組か何かでココアが取り上げられて、朝から飛ぶように売れていったんです。夕方には本部から届くと連絡があったのですが、当時の祖師ヶ谷店のかき入れ時は昼過ぎから夕方にかけてでした。それでは間に合わない。仕方なく、三茶店から届けてもらうよう交渉したんです」

歩は補足する。

「三茶店は午後六時から深夜にかけてが、メインの時間帯です。ですから、本部からの荷物を待っても大丈夫――そう判断したんですよね？　店長」

岩崎はうなずいた。

「系列店の中で、そうやって融通を利かせる。社長の指示でいつもやっていることでした。それがまさか、あんなことになるなんて」

「田坂氏が店に来たのは、何時頃か判りますか」

「午後一時半くらいだったと記憶しています」

「強盗が来たのは午後二時丁度です。荷物を届けに来た店長が、三十分も何をしていたのでしょうか」

ここはまた歩が答えた。

「後で聞いたところだと、ココアの陳列を手伝ってくれていたそうです。ココアはお茶などと一緒に並べていたのですが、それをお菓子コーナーに分けることになって」

「なるほど。他店舗の店長が、陳列まで手伝っていたと」

「普通はそこまでやりませんよ。田坂店長は、特別だったんです」

儀藤は岩崎に目を戻すと、尋ねた。

「そうした商品の融通はよく行われていたのですか？」

「しょっちゅうというわけではありません。ただ、ココアについては常に品薄で、各店舗とも確保に苦労していました。その点、三茶店は少し前から在庫を多めに抱えていたようで、うちも相当、助かっていたのは事実です」

「田坂氏に先見の明があったということでしょうか」

岩崎はうなずいた。

「彼にはそうした才能がありました。あれは、真似できない」

「判りました。ではあなたがその日、ご覧になったことをすべてお話し下さい」

「警察には当時、すべてお話ししましたが、事件が起きた時、私はバックヤードで工務店の方と打ち合わせをしていました。前任者が無計画に陳列棚の数を増やしたせいで、レジの位置が見えにくくなっていたのですよ。特にパンやお菓子の売り場からね。そこで下半期に、大きな店舗改装を予定していたのです。それで、図面を見せてもらったりしながら、打ち合わせをしていました」

「事件はどうやってお知りになったのです？」

「アルバイトの一人が従業員専用の出入口からやって来て、店が大変なことになっていると知らせてくれました。打ち合わせは廊下に椅子と机を置いてやっていたので、防犯カメラの映像なども見られなかったのです。店長室は、この通り、手狭だから」

「それで、あなたはどうされたのです？」

「店に直接入れる従業員専用ドアから、中に飛びこみました。先も言ったように、店内は見通しが利きにくく、レジが見えない。棚を回りこみ、レジの前に来て初めて、倒れている田坂店長を見ました。お腹から血を流していて……」

「犯人の姿は？」

「見ていません。逃走した後でした」

「なるほど……」

歩は儀藤の袖を引っ張って、尋ねた。

「岩崎店長を含め、スーパー内にいた人は全員聴取されていますよね。それはすべて資料に載っているんじゃないですか？」

「ええ、ひと通り目を通しました」

「相手は強盗です。店長の話を聞くより、目撃情報や防犯カメラの画像を探して、人相風体を割りだした方が早くないですか？」

儀藤は子供を相手にするような素振りで「うんうん」と何度も深くうなずいた後、間延びした調子で言った。

「セオリー通りであれば、そうすべきでしょう。ただ、私にはいくつか引っかかるところがあるのですよ」

歩は思わず、岩崎と目を合わせた。

「引っかかるところって？」

「強盗犯は午後二時にやって来た。ですが、さきほどのお話ですと、その時間帯は祖師ヶ谷店のかき入れ時でもあった」

「だから、狙ったのでは？」

「犯人の目的が金なのであれば、レジに金が貯まるもっと遅い時間を狙ったでしょう。それに、店内に客が多ければ、それだけ目撃者も増える。事実、客の一人が犯人に反抗し、それが元で田坂氏は刺されてしまったのです」

「それはそうですけれど、犯人にそこまでの計画性があったとは思えません。一味は狂犬のようなヤツらで、後先の見境なく……」

「それはあくまで、沼田兄弟を犯人として描いた画です。彼らは非常線に引っかかり、身柄を確保された後、すぐに自供した。だから、捜査陣は彼らに飛びつき、彼らに沿った形で事件を解釈してしまったのです。ですが現在、彼らは本件については無実と判明しているのです。前提が覆ったのですから、こちらの考えも一度、白紙に戻すべきでしょう」

歩はただうなずくよりない。当時はあくまで応援扱いで、捜査そのものにはノータッチであったし、実際、沼田兄弟の逮捕やその後の情報は、ネットやテレビのニュースで得ていた。

歩はふと思いついたことを口にする。

「そういえば、犯人一味はバイクで逃走したんでしたね」

儀藤が陰気な笑みを浮かべた。

「その通りです。その時間は国道二四六号も裏道も、相当な混雑が見こまれていたはずです。バイクは、逃走に使用するには最上の乗り物です」

「待って下さい。となると、犯人たちはそれなりの計画を立ててたってことになりますか？」

「そこです。逃走手段を考えていたのであれば、当然、襲う時間だって考えておいたはずだ。にもかかわらず、二人は大して金のない、そして人の多い時間帯にわざわざ押し入っている。そこがどうしても気になるのですよ」

口を開こうとした歩を、儀藤が止める。

「どう思います岩崎店長？」

儀藤の意味ありげな問いの意味を、岩崎は素早く理解したようだ。

「私に捜査のことは判りませんが、あなたのおっしゃることはつまり、あれはただの強盗ではなかったと？」

「そうなのですよ。資料を見れば判るのですが、二人は見事に複数仕掛けられた防犯カメラを避けていますす。念入りに下調べをしたか、あるいは、店をよく知る者にレクチャーされたかのように」

岩崎は不快げに眉を顰めた。

「店の内部に、手引きをした者がいるとでも？」

「その疑いは捨てきれません」

「ふむ。あなたがそう言うのなら、そうかもしれない」

歩は危うく、ずっこけるところだった。

「ちょっと店長、納得してどうするんですか。そこは、我々の仲間にそんなことをするヤツはいなぁいと、パァンと言ってやらなくちゃ」

「そんな確証もないこと、言えないよ」

歩は頭を抱えたくなる。それだからあんたは、いつまでたっても、人望を得られないんだよ。英雄を超えられないんだよ！

「まあまあ、冨藤さん、落ち着いて」

岩崎は涼しい顔で続ける。

「この人、えっと死神さんだっけ？　死神さんは、私を疑っているみたいだからさ。だったら、いくらでも調べて下さいと言うしかないだろう。私にやましいところは何もないのだから」

儀藤は卑屈に腰をかがめると、「ムフフ」と嫌な笑い方をする。

「疑いをかけられた方は、大抵、そう言うのですよ」

「好きにするといい。冨藤さんも、好きなだけ、この人に付き合ってあげるといい。君の抜けた穴は、こちらで何とかする」

岩崎はぷいと背中を向けると、部屋を出ていった。残った空気は、何とも後味の悪いものだ。

歩は儀藤に詰め寄る。

「ちょっと、どうしてくれるんですか。私、店長に嫌われたっぽいんですけど」

「まあ、もともとそれほど好かれているようにも見えませんでしたが」

「それはそうですけど……いや、それとこれとは違う問題でしょう？　ここ、クビになったらどうすればいいいんですか」

「職安を紹介します」

「職安なんて、紹介されなくても行けますよ。それに今はハローワークっていうんです！」

4

「岩崎店長のどこが怪しいっていうんです？」

三軒茶屋駅近くにあるカフェに腰を落ち着けると、歩はアイスコーヒーで喉を潤しつつ、きいた。

儀藤はホットコーヒーを「熱い熱い」とつぶやきながら、ズルズルと音をたててすする。

「『ジャンボキング』には最優秀店舗賞というものがあるらしいですねぇ」

「私の質問に答えて下さい」

「私の質問に答えて下されば、それがいずれ答えとなります」

上手いこと煙に巻かれている気もするが、一応、相手は上司だ。警察にあって上司の命令は絶対である。

「年間で、もっとも売り上げが伸びた店舗を表彰するんです。もちろん、単純に数字だけじゃなくて、お店の雰囲気や従業員やお客様への聞き取りも行われる、すごく大がかりなイベントなんです」

「最優秀に選ばれると、何か賞金が出るのですか？」

「もちろん。パートやアルバイトに至るまで、全員に賞金が出ます」

「ほほう、それは大変に魅力的ですねぇ」

「うちは従業員だけじゃなくて、その家族にも手厚いんです。日光に保養所があるんですけど、優勝すると、そこの予約が優先的に取れたり、社員旅行をするときは、補助が多めに出たりするんです」

「今時、保養所に社員旅行ですか」

「参加は強制ではないですけど、不参加の場合は商品券を貰えたりもします」

「ホワイトですねぇ」

「ホワイトなんです。でも、最優秀店舗賞が取れるかどうかは、店長の手腕が大きいんです。うちは各店舗が独立採算のようなシステムになっているから……」

「それは資料にありました。土地に合った店作りですね」

「はい。事件当時は亡くなった田坂店長が抜群に優秀で、彼が店長を務める三軒茶屋店が三年連続で最優秀店舗でした」

「そこで一つ気になるのは……」

コーヒーに口をつけた儀藤は「あちち」と口元を押さえる。

「そんなに猫舌なら、アイスにすればよかったのに」

「胃腸虚弱なもので、冷たいものは控えているのです」

「死神なのに？」

「ええ、死神なのに」

「変なの」

「別に胃腸の弱い死神がいても……いったい何を喋っていたのか忘れました」

「気になるところがあるって言ってましたけど」

「そうだ、気になるところです。三軒茶屋店が三年連続最優秀だった。では、次点に甘んじた店舗はどこだったのでしょう？」

「さあ」

「私は調べました。田坂氏と岩崎氏は同期入社で、店長昇格も同時です。そして、三年連続次点であったのは、岩崎氏が店長を務める祖師ヶ谷大蔵店でした」

現在、「ジャンボキング」で働く歩も、初めて聞く情報だった。

社内で事件のことは、触れてはいけない雰囲気であり、口にする者は誰もいなかった。歩も元警察官、しかも事件時に臨場していたという過去について、自ら口にしたことは一度もない。

無論、社長や役員、岩崎も知っていることなので、自身が気づかぬだけで、既に周知の事実なのかもしれない。それでも、元警察官ということで妙な態度を取られたことはないし、事件についてきかれたこともなかった。

「そんな情報、知りたくなかったです」

本音がもれた。ようやく見つけた、一生懸命になれる仕事だったのに……。

儀藤は鼻をくすんと鳴らし、どこか犬めいた仕草でうなだれる。

「申し訳ありません」

「今さら、謝られても意味ないですから。それより、話を進めましょう。儀藤さんの仕入れた情報が本当なら、岩崎店長は田坂店長の死で利益を得たことになります。事件のあった年は、最優秀店舗の発表自体、見送られましたが、その翌年からは二年連続、岩崎店長率いる三軒茶屋店が最優秀店舗に選ばれています」

「岩崎氏は今や、押しも押されもせぬ『ジャンボキング』のエースということですね」

「社長の後継者として、そのうち役員になるんじゃないかって」

「もし、あの強盗殺人事件自体が仕組まれたことであったとしたら、私はそう考えているのですよ」

「岩崎店長が田坂店長を殺害するため、二人を雇ったと？」

「そう考えると、様々な疑問が解けるのです。二人が店の事情に通じていたこと、妙な時間に押し入ったこと、そしてたまたま田坂氏が店にいたという奇妙な偶然についても、答えが出ます。岩崎氏なら、商品の品薄を理由に、田坂氏を店に来させることもできたはずです。できれば、金の貯まる夕刻に設定したかったのでしょうが、夕刻は三茶店のかき入れ時。そんな時間に商品の補充を頼むわけにはいかない。だからやむなく、午後二時にした」

何となく、もう決まりのように思えてきた。

「でも……」

歩は首を振ってつぶやく。

「あの人がそんなことをするとは、思えないんですけど」

儀藤はニンマリと穏やかに微笑んでみせた。

「ほう。その根拠はなんです？」

「そんなものありません」

「ない？」

「何となく、そんな気がするんです。岩崎店長は冷たい印象こそありますけど、そんな悪い人とも思えません」

「悪い人に見えない悪い人は、世の中に山といます。あなただって、経験したと思いますが」

「ええ。短い警察官人生の中で嫌っていうほど」

「であれば……」

「でも、岩崎店長ではないと思います」

「やれやれ」

「……動機は別にあるんじゃないでしょうか」

「というと？」

「逃げた二人の目的が、お金などではなく、田坂店長の命だった。その点については、なるほどって思いました」

「ありがとうございます」

「でも、それを指示したのは岩崎店長じゃない。多分、ほかの誰かです」

儀藤のトロンと垂れた目が、不気味に光る。

「ほほう、それは実に面白い」

「だから、探るのは岩崎店長ではなく、田坂店長ではないでしょうか」

「いい、実にいいですねぇ」

儀藤は両手を広げた。その拍子に腕がコーヒーの紙コップに当たり、中身がテーブル上にぶちまけられた。

「ああ……」

「もう何やってるんですか！」

紙ナプキンで拭こうと手を伸ばした拍子に、歩は自分のアイスコーヒーのコップを引っかける。氷と共に中身がテーブル上を走る。

「あら」

「あああ」

布巾とモップを持った店員が飛んできた。

「申し訳ありません」

歩は儀藤と並んで、頭を下げた。

儀藤は笑う。

「私たちは、似た者同士かもしれませんねぇ」

歩は吐きそうになった。

5

「田坂ねぇ」

三直弘幸は、露骨に顔をしかめた。

「確かに人好きのするヤツではあったよ」

八王子駅から歩いて五分ほど、新築マンションの建設現場である。八階建てのワンルームマンションが出来上がるらしく、鉄柵で囲われた現場には、すでに鉄骨製の四角い巨大な骨組みが姿を見せつつあった。

忙しげに働く作業員を横目に、三直は埃だらけの作業着のまま、歩が手渡した缶コーヒーを一口飲んだ。

巨大重機の稼働音が鳴り響き、いちいち声を張り上げないと、かき消されてしまう。

「だけど……いけない……な」

「は？」

儀藤が耳を突きだしつつ聞き返す。

「……ちょっと、ついて……部分も……」

「は？」

三直は顔を真っ赤にして、声を張り上げる。

「だけど、ちょっとついていけない部分もあったな！　おまえ、ワザとやってんじゃないだろうな」

「いえいえ、とんでもない。本当に聞こえなかったのですよ」

「今は聞こえてるじゃねえか」

「おや、言われてみれば、そうですねぇ」

三直は困惑顔で、歩に尋ねた。

「こいつ、本当に刑事なのか？」

「ええっと、一応、そのようには聞いています」

「一応って何だよ」

三直は儀藤の名刺をかざしながら、さらにコーヒーを一口飲んだ。

「いまおっしゃった、ついていけない部分とは、具体的にどのようなことだったのでしょう？」

「まあ、死んだヤツのこと、悪く言いたくはないけどさ、田坂のヤツ、何ていうかな、ちょっと教祖みたいなとこがあってさ」

「教祖？」

「物腰は柔らかだし、人の話もよく聞く。まあ、人望は恐ろしくあったな。アルバイトでも、入ったその日のうちに、田坂に心酔しちまうんだ。で、田坂は自分に心酔しているヤツに容赦ないんだ。この売り上げを達成するためにはどうしなければならないかって、朝礼でみんなに言うだろ。みんなそれを真に受けてさ、もの凄い勢いで働くわけよ。当然、残業だって増える。でも、それを申請しないわけ。休日だって出てきて、あれこれ手伝いをする。みんな、ヘトヘトになってたよ」

「それでも、苦情を言う人はいなかったわけですね？」

「何しろ、教祖様だからさ。みんな笑顔でがんばるんだよ。俺はそんな雰囲気についていけなかったってわけ。だから、さっさと辞めた」

「あと少しがんばれば、派遣から正社員になれたと聞きましたが」

「田坂だけじゃない、『ジャンボキング』のやり方も合わなかったんだ。ホワイト企業だって持てはやされているけど、競争はかなり熾烈だぜ。結果をだした者には手厚いけど、ダメだった者や、存在感の薄い者には、とてつもなく冷淡だ。やってられねえ」

「それで、今はこうして建設現場で？」

「体はきついけど、人間関係、煩わしくないしさ。それなりに充実している。田坂みたいな気持ち悪いのは、いないしな」

「気持ち悪いねぇ……」

「それにさ、ここで働くのももう終わりだ。まとまった金もできたから、俺ら起業するんだよ」

「ほほう。それは素晴らしい」

「新しいタイプの物流倉庫なんだけどさ……」

儀藤はさっと手を挙げて相手を制する。

「ビジネスに興味はないのです。それよりあなた、いま、『俺ら起業する』と言いましたね。パートナーがいるのですか？」

「ああ。俺と同じときに『ジャンボキング』を辞めた亀鳥（かめどり）ってヤツがいる。そいつと二人でさ。さて、もういいかな。休憩終わり。コーヒー、ごちそうさん」

空き缶を指定のゴミ入れに捨てると、三直は駆け足で埃渦巻く現場へと戻っていった。

田坂に関する思わぬ情報に、歩は唖然としたまま、その背中を見送った。

「儀藤さん、あの人の情報を何処で？」

「調べてみたところ、田坂氏が店長をしている間、意外と退職者が多かったのですよ。気になりましてねぇ。中でも、あと少しで正社員になれるというのに、あえて退職した三直氏に話を聞いてみたかったのですよ」

「三直さんみたいな考え方をする人も、たしかにいるでしょうけど、でも、だからと言って田坂店長を殺そうとまでは思わないんじゃないですか？」

「そうですかねぇ」

儀藤の態度は、何とも煮え切らない。

「田坂店長は、『ジャンボキング』内では英雄のように思われている人です。動機が簡単に見つかるとは……」

「実はまだ、会わねばならない人がいるのですよ」

「これからですか？」

「ええ。善は急げと言いますからね。既にアポイントメントを取ってあるのですよ」

三茶から八王子へ。さらにこれからどこへ向かう気なのか。スーパーの売り場仕事で鍛えたはずの足が、既にしくしくと痛み始めていた。

「田坂さんねぇ」

その名を聞いただけで、目の前の女性はほろりと涙を流した。

「私を守ろうとして、あんなことに……」

榊原祐子（さかきばらゆうこ）は、ハンカチで涙をそっと拭い、モップをたてかけた壁をぼんやりと見つめた。

渋谷にある商業ビルの八階。女子トイレの前で、歩は祐子と向き合っている。儀藤は少し離れた場所から、湿った視線をこちらに投げていた。

「榊原さんはあのとき、レジにいたんでしたね？」

「ええ。パートで勤めていたの。午前十時から午後六時まで」

「二人組が押し入ってきたのは、何時ごろでしたか？」

「午後二時丁度よ。だけど、押し入ってきたって感じではなかったわ。とても静かで、何か叫ぶこともなかった。正面の入り口から入ってきて、まっすぐこちらに向かってきた。その途中でマスクをつけたの」

「あのぅ」

儀藤がねっとりと口を挟んできた。

「あなたはその二人組に、どの時点で気づいたのですか？」

「だから、今言ったように、入ってきてすぐよ」

「しかし、二人組は声を荒らげたわけでもなく、静かに入ってきたと。お客はほかにもいたはずです。あなたはどうして、その二人組を気に留めていたのでしょうか」

「そう言われれば、そうね」

彼女は首を傾げつつ考えこんだ。

一方儀藤はモップとバケツを眺めつつ、尋ねた。

「このお仕事はいつから？」

「事件の少し後からよ。レジの仕事は気に入っていたけれど、あんなことがあったから、さすがに続けられなくて。ちょうど誘ってくれた人もいたし、渡りに船って感じで、清掃員の仕事を始めたのよ」

「誘ってくれた？」

トイレのドアが開き、祐子と同年配の女性が、左手の腕時計を指で示しながら、きつい口調で言った。

「祐子さん、まだかかりそう？」

「ごめん。もうちょっとだけ」

バタンとドアが音をたてて閉まる。

「まだ九階と十階が残ってるから。時間にはうるさいのよ、この会社。あ、今、顔をだしたのが、私を誘ってくれた友達。清掃士歴二十年、仕事ぶりは一級品よ」

「お時間を取らせてしまい、怒らせてしまったようですねぇ」

「まあ、大丈夫よ。本当はもう一人入れて三人で回るんだけど、体調崩しちゃっててね」

「それは、大変ですねぇ」

「いろいろあったけど、仲のいい三人で毎日仕事ができるって、けっこう幸せなことなのかもね」

「三人のお付き合いは、かなり長い？」

「ええ。最初は仕事も住むところも別々だったけど、今じゃ仕事は一緒、住むところも同じマンションの部屋違い」

「そうですか。ところで、思いだしましたか？」

「え？　何だったかしら」

「二人組になぜ気づいたのか」

「ああ、それね。思いだしたわ」

なら、早く言いなさいよ。歩は心の内で叫ぶ。

「さっき彼女が腕時計を指でトントンって叩いたでしょう？　それで思いだした。あの二人組、二時前から店の前にいたのよ」

「ほほう」

儀藤は半歩、祐子に近づいた。

「あの店、レジが入り口の正面にあるから、表まで完全に見通せるの。だから、嫌でも目に入ってね。でも、そんなことが重要なの？」

「ええ、恐らくは。二人の様子を詳しく教えていただけますか？」

「二人ともちょっと距離を置いて立ってたわね。今から思うと、他人のフリをしていたのかも。携帯見て、そわそわと落ち着かない様子だった。で、二時の時報が鳴ったとたんに、二人並んで店に入ってきた」

「その後はまっすぐレジに向かってきたと」

「そう。最初は新手のクレーマーか何かかと思ったの」

「怒鳴ったり、叫んだりもしなかったんですね？」

祐子はうなずいた。

「マスクをつけながらレジの前に来て、そこで初めてナイフをだした。それを突きつけて、金をだせって」

当時のことを思いだしたのだろう、雄弁であった祐子の顔色が青ざめていった。

「さすがにびっくりしちゃって、体がとっさに動かなかった。モタモタしてたら、一人が早くしろって、ナイフの切っ先を近づけてきた。怒っているっていうよりは怯えているみたいだった」

「犯人はマスク、ええっと……『ブギーマン』」

「『ブルーマン』です」

「『ブルーマン』のマスクで顔を隠していたとあります。顔が見えないのに、犯人の気持ちが判ったのですか？」

「目を見たら、判るわよ。それに、切っ先がブルブル震えてた。本当に怖かった。殺されるって本気で思ったもの」

「そこに客の男性が出てきて、犯人に声をかけた」

「いえ、その前に田坂店長が来てくれたの。私をかばって、犯人との間に割りこんでくれた。もう、あの時のことは忘れられないわ。その直後のことよ。客の一人が余計なことを言って、それで犯人が……」

そこからはもう、言葉にはならなかった。

祐子は唇を嚙みしめると、潤んだ目をそっと拭い、トイレのドアノブに手をかける。

「もういいでしょ。思いだしたことも含めて、知ってることは、これで全部」

「はい、ありがとうございます」

女子トイレのドアがバタンと閉まり、儀藤はそのドアをじっと見つめ続けている。

「あんまり、大したこと、判らなかったですねぇ」

歩はため息まじりに言う。

「それにしても、あの客さえ、しゃしゃり出てこなかったらなぁ。時々、いるんですよねぇ、余計なことしかしないヤツ。あ、でも儀藤さん、その客に話をきくのはどうですか？　彼なら、犯人の動きを間近で見ていたはずです」

「私もそれは考えましたが、別段、会う必要はないかと」

「どうしてですか？」

「今回の事件の鍵は、『二人』だと私は考えています。私は『二人』にこそ、こだわりたい」

「意味が判りません」

「客の男性ですが、性格的なものからか、非常に孤独な生活を送っていたようです。友人もおらず、家族もなく、ちょっと調べたところでは、今もアパートに一人暮らしだとか」

「えっと、一人暮らしだと、話をきいても無駄なんですか？」

「あまり意味があるとは思えないのです」

「そっちの方が意味が判りません」

「実はもう一人、会いたい人がいましてね」

「誰です？」

「英雄の秘密を知る人物です」

6

漆義一郎は、切れ長の目をさらに細めた。

奥多摩駅から車でさらに三十分、緑に覆われ、夏でもなお、涼やかな風が通り過ぎる沢沿いの一角に、漆義の家はあった。見た目は家というより小屋であったが、電気、ガス、水道も通っており、開け放した木戸の奥には、冷蔵庫や電子レンジも見える。

「田坂ねぇ」

「久しぶりに聞いた名前だ」

長く張りだした軒の下はウッドデッキになっていて、そこに木の幹をそのまま引っこ抜いてきたような椅子とテーブルが、据えられていた。儀藤と歩は腰を下ろしていたが、漆義は立ったままだった。

「なつかしいよな、おい」

彼がガラス窓をコンコンと叩く。中に誰かいるのかと思ったが、そうではないらしい。

「弟の二郎さ。二年前に車の事故で死んじまったけどな。田坂とも仲が良かった」

爽やかな空気の中、儀藤が湿った暗い声できく。

「中にはお仏壇でも？」

「ああ。立派なものじゃないけどな。親はいないし、俺と弟は二人っきり。供養するのは、俺しかいない」

鳥の囀り（さえず）が頭上を行き交い、たえまなく響く沢の音が耳に馴染む。それらすべてを打ち壊し、歩を現実へと引き戻すのが儀藤の粘っこい声だった。

「田坂氏とは、幼なじみだったとか」

「幼なじみなんて言うと、あいつが迷惑したかもしれない」

「それは、過去の補導歴についてですか」

歩は思わず腰を浮かせた。

「そんなこと、初耳です」

「漆義一郎氏、二郎氏、そして田坂氏には、補導歴がありました。未成年時の補導や逮捕歴は、公表されませんので、警察関係者以外は知らなくて当然です」

私も一応、警察関係者だったんだけどな。頰を膨らませながら、新たな事実に思いを巡らす。英雄といわれる男に、補導歴があった……。

「それって、何をやって補導されたんですか？」

漆義は凄みのある目で、歩を睨んだ。

「それを俺の口から言わせんのか？　警察なら、調べてあるんだろうが」

「いや、私は警察官といっても、臨時で」

「あん？」

「窃盗……でした」

答えたのは儀藤だった。

「田坂氏とここにいる一郎氏、それに亡くなられた二郎氏は、窃盗で補導されました。金額的にはさほどの被害ではありませんが、盗みは盗みです」

漆義は小さくうなずいた。歩には辛く当たるが、儀藤に対してはそれなりに従順だ。

「田坂とは家が近所でさ。あいつは俺らに比べたら、真面目に学校行ってたけど、家に問題があったみたいでさ。街で何度か顔を見かけて、そのうち、つるむようになった。盗みを覚えたのは、中学の終わりくらいでさ。店から商品かっぱらって、売るんだよ。わりといい金になった」

昔のことを語るとき、漆義の目は輝きを増していた。

「警官前にして言うことじゃないけどさ、あの頃が一番、楽しかった。毎日、ワクワクしてたもんな。でも、そういうことは続かないもんだ。二郎がヘマして捕まって、少年院行きは免れたけど、際どいことはもうできなくなった。何より、田坂が変わっちまったからな」

「ほほう。どう変わったのです？」

「進学を止めて、働き始めたのさ。スーパーのバイト。家も出て、アパート暮らしだぜ。盗みやるときは、いつも田坂が計画をたててた。ヤツが頭で、俺たちはただの手足だった。頭がいなくなったら、まさに手も足も出ないってね。仕方ないから、田坂見習って働きだしたんだ。俺は鳶(とび)で、二郎は大工見習い。何年かして二郎が大工に見切りをつけて、トラックの運転手を始めた」

「三人のお付き合いは続いていたのですか？」

「まあ、半年に一度くらいかな。田坂はいつもおごってくれたっけ。あのスーパーに就職決まったときは、俺たちがおごった。あいつなら、社長になるかもって思ってたんだけど……」

肩を竦める漆義から、孤独の影が滲み出てきた。

「こちらに越してこられたのは、弟さんのことがきっかけですか？」

「そんなこと聞いてどうするんだ？　田坂には関係ないだろ」

「ええ、まぁ……」

「好奇心で尋問してんじゃねえよ」

「これは断じて、好奇心などではありません」

「じゃあ、何だ？」

「捜査ですよ」

儀藤は右手の人差し指をぴんと立てると、漆義に突きつけた。

「田坂氏を殺害した犯人は、いまだ捕まっておりません。逃げ得は許さない主義なのです」

漆義を包んでいた棘のようなものが、すっと消えた気がした。

「まあ、田坂の無念を晴らしてくれるっていうのなら、何でも協力するけどさ。そう、会社も辞めてここに来たのは、弟が死んじまったからだ。できのよくないヤツだったけど、そういう弟ほど、かわいいもんだろ」

「自動車事故だったとか？」

「スピードの出し過ぎだってよ。カーブを曲がりきれなかったんだ。運転が好きで、一日運転していられる仕事についたってのに。皮肉な話だ」

「それは、お辛かったですねぇ」

儀藤の言葉には、先までの妙な粘っこさが消え、心情がこもっていた。

漆義も肩を落とす。

「弟も田坂も、早くに死んじまいやがって。何となく、虚しくなっちまってさ。ここなら、そんなに金も使わない。のんびり暮らして、金が尽きたら、短期の仕事をやる。それでどうにかこうにか、生きてるよ」

「そうですか。毎日あくせくしている私のような人間には、少々、眩しく思える生き方ですな」

「傍目ほど、のんびりした暮らしじゃないけどな。さ、用事が済んだのなら、帰ってくれないか」

「判りました」

儀藤は素直に腰を上げた。歩も慌てて、それに続く。

漆義はこちらに背を向け、さっさと家の中へ入っていく。その足がふいに止まる。

彼は歩たちに背を向けたまま、言った。

「捕まえてくれよ。田坂を殺したヤツを」

7

営業を終えた「ジャンボキング」三軒茶屋店は、明かりも消え、静まりかえっている。かつては二十四時間営業であったが、今は午前一時に閉店、朝七時開店となっている。

「昔と違って、今は二十四時間の業態が多いでしょう。だから、光熱費なんかを考えると、閉めた方が利益が出るって」

バックヤードの通路を進みながら、歩は言った。後に続く儀藤が、大して興味もなさそうな調子できいた。

「それを決めたのは、どなたです？」

「岩崎店長よ。とにかく、いろいろやり手なの。人の扱いはイマイチだけど」

「部下からのありがたいアドバイスと、受け取っておくよ」

店長室のドアが開き、ナイトキャップにパジャマ姿の岩崎が現れた。歩は驚いて飛び上がると同時に、白地に薄いブルーのストライプ入りというパジャマに、思わず吹きだしていた。

「何ですか、店長、そのかっこう。キモカワイイ」

「どちらも、男性にとっては褒め言葉とは言いがたい。あなたの私に対する評価はCマイナス程度のようですね」

「そんな事はないです」

Bプラスと言いたいが、笑うのに忙しく言葉にならない。

「笑いすぎですよ、冨藤さん」

「だって……」

「儀藤警部補、こんな調子で、捜査は進んでいるのですか？」

儀藤は意味ありげに笑うだけで、答えない。

「彼女をいつごろ、戻していただけるのでしょうか。当店にとっては、貴重な戦力なのですが」

岩崎が歩のことをそのように評価していたとは。

「岩崎店長！」

「人手が足りないだけです。勘違いしないように」

歩は頰を膨らませる。儀藤はそんな二人のやり取りを、面白くもなさそうに眺めていたが、ゆらりと岩崎に近づくと、尋ねた。

「ところで店長は、こんな時間、こんな場所でいったい何を？」

「店に泊まることは原則、禁じられているのですが、まあ、いろいろやらねばならないことがありましてね。販促の施策も考えないといけないし」

「ずいぶんと気合いが入っておいでのようだ」

「当然でしょう。そろそろ、最優秀店舗賞の事も考えていかないと。どこの店も決算時なみの気合いを入れてくるはずです」

「三年連続最優秀店舗の称号をあなたは狙っているわけですな」

「勘違いされては困ります。その称号は店のスタッフ全員のものです。私一人のものじゃない。全員で勝ち取るものなんです」

そうしたノリについていけないと退社した、三直の顔がよぎる。

「ですが……」

と岩崎はふっと口元を緩める。

「そんな暑苦しいことを私は言うつもりもない。人にはそれぞれの考え方がありますからね。この三軒茶屋店は、あくまで平常運転でいきますよ。いつも通りの事をして、最優秀店舗賞に輝いてみせます」

儀藤は両手を揩り合わせながら、「フフフ」と笑う。

「あなたのやり方は『ジャンボキング』のイメージとは少し違うようですねぇ」

「正直、社長のやり方は好みではないのです。チームワークはもちろん大事ですが、少々、熱くなりすぎるきらいがある。そういう意味で、私と田坂には意見の相違があった」

「田坂氏があのような事にならなければ、彼が指揮する店が最優秀店舗賞を獲得し続けていたかもしれませんねぇ」

「それは判りませんよ。実際、あの年は絶対的な手応えがあった。田坂の店を抑え、私の店が……」

珍しく頰を赤らめ、熱っぽく語る岩崎は、はっとしたように言葉を止めた。

「止めましょう。そんなこと、いくら言っても虚しいだけだ」

だが、儀藤は何か確かな手応えを得たようだ。トロンとした目に、何やら鋭い光がさしている。

「絶対的な手応えがあった。それは確かですか？」

「いや、だからそれは……」

「どうなんです？　確かなんですか？」

「ええ！　自信はあった。間違いなく、祖師ヶ谷は、三軒茶屋店を超えたはずだ。あんな事件など起こらず、最優秀店舗賞が実施されていれば」

「それ以上、言っちゃダメです」

歩は岩崎の正面に立つ。

「冨藤さん、どうしてだ？」

「動機を認めちゃったことになるじゃないですか。店長は最優秀店舗賞が欲しかった。でも、やっぱり田坂店長にはかなわなかった。だから、人を使って……」

「そんなことはしていない。だって、彼が死ななくても、私は勝てたんだ。確信があった」

「そんなこと、何とでも言えます」

儀藤が歩の肩に優しく手を置いた。

「ご安心下さい。私は岩崎氏を犯人だなどと思ってはおりませんよ」

「え？」

「ですが、いまの言葉を聞き、私の推理にさらなる確信が生まれました」

「確信って、警部補にはもう真相が判っているんですか？」

「ええ。あなたのおかげで、様々な情報を集めることができました。私は言いましたね、この事件の鍵は『二人』にあると」

「ええ。何のことか判りませんけど」

「三年前の強盗殺人事件が、何者かによって仕組まれたものであるという仮定は、概ね正しいように思います」

岩崎は儀藤を見て、顔を顰める。

「まだそんなことを言っているのですか」

「店長、儀藤警部補の説にも一理あります。防犯カメラの位置など綿密に下調べをし、逃走手段としてバイクまで用意していた犯人たちが、わざわざお金が少なく、人が多い昼間に押し入ったこと。ほかにもいくつか不審な点があるんです」

それでも岩崎はまだ、納得がいかない様子だった。それを見て儀藤はニヤリと笑った。

「その点については、仮定で構わないでしょう。もしあの二人組が本物の強盗ではなく、誰かに依頼され、強盗の真似事をしただけだったとしたら」

「真似事？　彼らは実際に、田坂を殺しているんですよ」

「そこなんです。なぜそのような事態になったのか。私はね、あれは不幸な事故だったと考えているのですよ」

岩崎の顔には怒りがありありと浮かんでいる。こんなにまで感情を露わにした岩崎を、歩は初めて見た。

「聞き捨てならないな。田坂の死が事故だって？　強盗に刺殺された彼が……」

「強盗を雇ったのが彼自身だったとしたら？」

「何？」

「あの二人組は田坂氏に雇われていた。むろん、本気で強盗なんてするつもりはなかった。あくまで、格好だけだった。適当にすごんだところで、何も盗らずに逃げるつもりだったのでしょう。ところが、客の一人が強盗に声を上げた。興奮と怯えで気が立っていた一人がパニックを起こし、客に向かう。田坂氏は客を傷つけさせるわけにはいかないと、強盗を止めに入る。そこでもみ合いとなり、田坂氏は刺されたのです」

「そんな無茶苦茶を信じろと？　田坂が、どうしてそんなバカなことをしなくちゃならない？」

「最優秀店舗賞ですよ。あなたは先ほどおっしゃいましたね。あの年は賞を取れる絶対の自信があったと。田坂氏が、その脅威をひしひしと感じていたとしたら、どうです？」

「まさか、賞を取りやめにさせるために？」

「強盗事件が起これば影響は甚大です。賞の開催は取りやめになるか、そうはならなくとも、祖師ヶ谷大蔵店の参加は見送られるだろう。田坂氏はそう考えた」

「バカな。田坂みたいな男がそんなことをするはずがない。あなたの妄想だ」

儀藤は悲しげに首を振った。

「田坂氏にはもう一つ、目論見（もくろみ）があったんですよ。彼は英雄になろうとしたんだ。強盗から身をもって店員や客を守ろうとした英雄にね。そして、社内での評価をより高めようとしたのですよ。実際、その点について、彼は成功した」

英雄という幻想。歩の中にもある田坂に対するイメージが、いま、音をたてて崩れ始めていた。

「しかし、彼は小さなミスを犯したのです」

「ミス？」

歩は尋ねた。それに対し、儀藤はまるで別人のように鋭い目を向ける。

「少しだけ早すぎたのですよ」

「意味が判りません」

「岩崎氏や榊原氏の証言を思いだして下さい。当時の祖師ヶ谷大蔵店はレジの見通しが悪かった。菓子コーナーからはレジが見えなかったと。あの日、田坂氏が運んできたのは、ココアでした。そして、ココアは飲料コーナーと菓子コーナーに分ける事となり、田坂氏は菓子コーナーの陳列を手伝っていた。一方で、強盗の二人組は声を上げることもなく、静かにレジまでやって来た。レジ前に来て初めて、ナイフをだし声を上げた。ところが、田坂氏はその直後、榊原氏と強盗の間に割って入っています。レジが見えない菓子コーナーにいた彼が、どうしてそんなにも早く、強盗の存在に気づけたのでしょうか。もちろん、偶然レジ近くまで来ていたと考える事もできますが、可能性として高いのは……」

「強盗が来ることを知っていた……」

「その通りです。午後二時きっかりに店に入ると打ち合わせができていたのでしょう」

「つまり、田坂店長の死は……」

「彼にとっても犯人にとっても、意外すぎる死だったのですよ」

岩崎も茫然自失の体である。

「田坂は、そんなところまで追い詰められていたのか……？」

「田坂氏は自身の求めるものを追求するあまり、回りが見えなくなる傾向があったように思えます。彼の会社への功績は大きいですが、一方で、ついて行けず振り落とされたり、彼の許から去った者も多い。そうした様々なことが、圧力となって彼を蝕んでいたのかもしれませんねぇ」

「あのぅ」

歩は小さく手を挙げる。

「何です？」

「計画をたてたのが田坂店長なら、あの二人組はいったい何者だったんです？」

「強盗はなぜ、二人組だったのでしょう？」

「そんなことに理由が必要ですか？」

「店を襲った二人組は、田坂氏に雇われていたのですよ。ならば、二人組である必要はない。一人でもよかった」

「まあ、それはそうですけど」

「強盗の二人は、田坂氏と強い結びつきがあり、常に二人で行動していた人物です。心当たりがありますよねぇ？」

「漆義兄弟……ですか」

「田坂氏が頭で、二人は手足。その関係が三年前も続いていたのですねぇ」

「待って下さい。弟、二郎は自動車事故で亡くなったと言ってましたが……まさか」

「事故であったかもしれませんが、良心の呵責に耐えきれなくなったと考えることもできます」

「一郎が奥多摩に引っこんだのも、事件のせい？」

「恐らく。二人を弔い、世捨て人のような生活を送っているのでしょう」

「何てこと。彼はずっととぼけていたんですね。すべてを知っていたくせに」

「彼は弟の名誉を守ろうとしたのですよ。自分の罪から逃れようとしただけではない。私は、そう思いたいですねぇ」

「死神なのに、人情味がありますね」

「こうした事件は、どうも苦手なのですよ」

儀藤の携帯が鳴った。彼は歩たちに背を向け、低い声でぼそぼそと会話している。

岩崎はまだ、心の整理がつかないようだ。蒼い顔をして、何事か考えに沈んでいる。

儀藤が携帯を戻し、歩にささやいた。

「奥多摩で火災があり、漆義の自宅が全焼したそうです」

「それで、漆義は？」

「遺体は出ず、目下の所、行方不明であるとか。どうやら、逃げられたようです」

「儀藤警部補……」

「私としたことが、逃げ得を許しました」

「いいえ、あなたはわざと逃がしたんでしょう？　こうなることが、判っていて」

「おやおや、妙に鋭いことを言いますねぇ」

「だって、漆義が逃げて得をしたとは思えませんから。彼はこれからも、ずっと苦しんで生きていくんです。あなたは、そっちの方を選んだんでしょう？　やっぱりあなたは、怖い死神さんです」

8

開店と同時に、客がなだれこんできた。月に一度のタイムセールではおなじみの光景だ。菓子類が三割引となるため、親子連れの姿も多い。

「品薄だったホットケーキミックス、よくこれだけの数、揃えられましたね」

岩崎の言葉に、歩はドンと胸を叩く。

「仕入れの人を脅して……いえ、頼みこんで回してもらいました。ちょっと割高になってしまいましたけど」

「構いませんよ。集客の目玉ですから、他の商品でバランスを取ればいい」

売り場は人であふれ、レジなどのスタッフも応対に大わらわだ。それでも、彼らの表情は明るく、やる気に満ちている。

これも、最優秀店舗賞の効果だろう。レジの上には、受賞を示す三枚の額が飾ってある。

バックヤードへと通じるドアを振り返りながら、歩はあの日のことを思いだす。

真相を告げた儀藤は、岩崎と歩を残し、一人去っていった。

その後、沼田兄弟らによる、凄惨な事件が報道され、さらにスーパー「ジャンボキング」祖師ヶ谷大蔵店強盗殺人事件についての報告が続いた。一時は本社や店にもマスコミがやって来ていたが、沼田らが起こした連続殺人のあまりの凄惨さに世間の注目は集まり、強盗殺人事件の方はさほどの盛り上がりもないまま、報道の最前線からは消えていった。

結局、田坂が絡む真相についての報道は、まったくなかった。

儀藤は捜査結果を報告しなかったのだろうか。それとも、何らかの方法で報道を握り潰したのだろうか。

理由はよく判らないが、もしかすると、これが歩の捜査協力に対する、儀藤なりの礼だったのかもしれない。

岩崎が売り場を見やりながら、言った。

「今度、惣菜コーナーの拡充を提案してみようと思うのですよ。新たに調理コーナーを設け、店内で調理したものをだす」

「いいですね」

「その責任者をお願いできませんか？」

そう来るだろうことは、予想していた。

「もちろん！」

「もう一つ、提案です。そのために、惣菜はもちろん、人々の食に対するニーズを把握しなければなりません」

「まったく、その通りだと思います」

「その研究もかねて、歩さん、今度、一緒に食事に行きませんか」

「もちろん！　え？」

死神　対　死神

1

亀島秀康が歩くと、皆が礼をする。公用車で地下駐車場に乗りつけ、そこから十三階の副総監室に入るまで、視界に入る誰もが立ち止まり、礼をする。

悪くない。

午前八時ちょうど、いつもと同じ時刻に、亀島はドアを開ける。秘書の浦安千絵子は既にデスクに就いており、パソコンのキーを叩いていた。亀島の姿を見ると、流れるような動作で立ち上がり、「おはようございます」と頭を下げる。会釈で答えると、そのまま自身の部屋へと入った。さほど広くはなく、内装も豪華ではない。机こそ立派だが、天井は低く、グレーの地味なカーペットも亀島の好みではなかった。それでも、皇居を見下ろす眺望は実に素晴らしい。今も抜けるような冬の青空の下、こんもりとした森が緑の潤いを放っている。

いた。

ノックの後、浦安が入ってきて、ブラックコーヒーと分厚い書類の束をデスクにそっと置

彼女は余計な事をほとんど口にしない。亀島も同様だ。彼女は優秀であり、こちらからあれこれ指図せずとも、常に先回りして業務をこなしてくれる。そして優秀なのは亀島も同様だ。その日の予定は一度聞けばすべて頭に入るし、書類もすべて自身で処理できる。

今日もいつもと同じ一日。きっちり定まった一日が始まる。

だが亀島は、いつもと違う行動を取った。

「浦安君」

亀島は声をかけた。彼女は戸口で音もなく体の向きを変える。

「何か？」

「明日……だったかな。大殿浩介（おおどのこうすけ）の件」

「はい。変更その他の情報は聞いておりません」

「判った」

浦安は礼をしてドアの向こうに消える。

亀島を後悔が襲う。なぜ、あんな問いをした？　変更などあるはずがない。判りきっている事ではないか。

やはり、気になるのか？　自分が関わった者が明日、死刑になる事が。

何をバカな。

椅子に座り、溜まった書類を片付けていく。目を通し、ハンコを押す単純な作業だ。気がつけばけっこうな時間が経っていた。亀島は閉じたままのドアを見る。

今日はやけに静かだ。

来客もなければ、電話の一本も入らない。

そんな日もあるのか。パソコンを開き、午後に予定されている会議の資料に目を通していく。

ドアがノックもなく開かれた。

「どうした？」

浦安だろうと顔を上げると、そこには見知らぬ小男が立っている。

「何だ？　君は」

「亀島秀康警視監」

不気味な旋律を伴って、自身の名が呼ばれた。

ノックもなしに入室し、無遠慮にこちらの名前を呼ぶ。無礼極まりない態度だ。いったい、浦安は何をしているのだ？　どうしてこんな不審な人物を入室させた？

亀島は座ったまま、厳しく言った。

「いきなり入ってきて失礼だろう！　官姓名を名乗りたまえ」

冷たく響く自分の声に、亀島は満足する。大抵の者は一喝されて震え上がる……。

小男は一向に堪えた様子もなく、その場にぼんやりと佇んでいる。

「これが、副総監の部屋ですか、初めて入りましたよ」

図々しくもそんなことをつぶやきながら、男は一枚の名刺を差しだした。

「警視庁の方から……っと、ここが警視庁か。えー、下の方から来た儀藤堅忍と申します。

階級は警部補です」

名刺に目をやると、肩書きも何もなく、ただ真ん中に階級と名前だけが書いてある。

「いい加減にしろ！　こんなものが名刺と言えるか」

亀島はさらに声のトーンを上げ、怒鳴った。

「言えるかと言われましても、私にはこの名刺しかないもので。とにかく、亀島警視監、あなたはたった今、その任を解かれ、私の指揮下に入る事となります」

「な、何をバカな……」

これはいったい、何なのだ？　巷で言う、ドッキリというヤツか？　慌てふためく自分を皆がどこかで見て笑っている――。

いや、ここは天下の警視庁だし、私の周りにそのような悪趣味なことをする者はいない。

儀藤がいつの間にかデスクを回りこみ、すぐ脇に立っていた。どんよりとした目でこちらを見下ろしながら、間延びした調子で言った。

「ドッキリなどではありません」

こいつ、人の心が読めるのか。

足音のしない歩き方といい、不気味な容貌といい、まるで死神のようだ。

死神——。

かつて——あれは赤坂西署の刑事部長のときだったか、酒の席で副本部長が言っていた。

『死神ってのが警視庁にはいるらしいんです』

懸命に記憶の糸を手繰る。

記憶力には絶対の自信がある。一度見聞きしたことは、絶対に忘れない。

その自慢の能力のおかげで今、思いだしたくもないことが、するすると脳の中で展開されていく。

裁判で無罪判決が出たとき、その事件の再捜査を専門にする男がいる。

その男は、無罪となった事件に関わった者の中から一人を、相棒に指名する。

無罪判決は警察にとっては汚点のようなもの。その再捜査に加担した相棒は、仲間からの信頼を失い、警察組織の中では生きていけなくなる。

だから、死神――。

亀島は脇に立つ儀藤を見上げる。

「君はまさか、死神か？」

儀藤は眠そうな顔のまま、にんまりと笑った。

「それは、あだ名です」

「違う」

亀島はデスクを叩いた。

「何が違うのです？」

「私であるはずがない。私は歩んできたキャリアの中で、一度も失敗なぞしていない。まして、担当事件の中で、無罪判決など……」

「一点の陰りもない、輝かしい警察官人生。それは私も認めます。でもそれは……」

儀藤は壁の時計を見る。

「五分前で終了しました。私が部屋に入ってきた時刻です」

「だから、それは違う。何かの間違いだ」

「いいえ。私は見ての通り、間違いが服を着て歩いているような人間ですが、こと職務に関しては間違いを犯しません。あなたと同様、一点の陰りもないのです」

亀島はデスク上の電話を手元に引き寄せると、受話器を取った。内線の一番を押す。

耳慣れた秘書の声が聞こえた。亀島は一拍置いて、言った。声が上ずらないよう気をつけて。

「亀島副総監だ。警視総監を頼む」

秘書が一瞬沈黙し、すぐにいつもとは違う冷淡な声で返してきた。

「お繫ぎできません」

「何？」

「お繫ぎできません」

「何を言ってる？　亀島だ。亀島警視監だ」

「ご面会でしたら、アポイントメントを取り、あらためてお願いいたします」

電話が切れた。

そんな事があり得るだろうか。副総監からの電話を、秘書が勝手に切るなんて。

儀藤は今、少し離れたところから、哀れみをこめた目でこちらをうかがっている。

「君、これは……」

「お気の毒ですが、あなたは現在、副総監ではありません。儀藤の指揮下にあるのです」

亀島は立ち上がり、ドアを開けた。

「浦安君」

浦安は自分のデスクでパソコンのキーを叩いている。亀島の声は聞こえているはずだが、顔を上げようともしない。

「浦安君」

ようやくこちらを見た浦安はニコリともせず、どこか苛立たしげに、ほんの少し眉を寄せた。

「何か、ご用でしょうか警視監」

「ご用って……君は私の秘書だろう」

「私は副総監の秘書を務めております」

「ならば、私の秘書だ」

「おっしゃっている意味が判りません」

「何？」

「お帰りはあちらです」

廊下に通じるドアを示す。

亀島は震え上がった。拠って立つものが突然消え失せ、足下には黒く大きな穴が開いている。そこからは細い手が伸びてきて亀島の足首を摑み、漆黒の穴に引きずりこもうとしている。

亀島はただ、救いを求めて儀藤を見つめるしかなかった。

三十年を超える警察官人生、常に組織と共に歩んできた。組織のために働き、組織はその見返りとして亀島を支えてくれた。いま、その支えが突然、なくなったのだ。

自分が何者なのかを、証明することすらできない。

「これは、何かの間違いだ。間違いなんだ」

儀藤は上目遣いにこちらを見据え、ジリジリと近づいてきた。

「いいえ。間違いではありません」

「いったい、何が……私は……」

「儀藤と共に来るのです。私たちはこれから、行かねばならないところがあります」

「それは……どこ？」

「ついてきて下さい」

儀藤はすっと亀島の前をすり抜けると、開いたままになっているドアから出ていった。

「待って、待ってくれ」

後を追う。デスクで浦安がキーを叩いている。顔も上げない。

廊下に出たところで、儀藤は待っていてくれた。

「参りましょう」

エレベーターの方へと歩きだす。

同じ階には装備課や企画課もあり、廊下は人の行き来が激しい。

その誰一人として、亀島に礼をしなかった。

2

足が竦みそうになるのを何とかこらえ、亀島はその屋敷の門をくぐった。よく手入れされた庭も、池で優雅に泳ぐ鯉も、緊張のため色をなくして見える。

長く暗い廊下を、執事と思われる老人に案内されながら、目の前を行く儀藤という小男について考えた。この屋敷に正面から堂々と入り、名乗るや否や、執事が飛びだしてきてうやうやしく迎える。肩書きさえ持たぬ一介の警部補になぜ、これほどの力があるというのか。

襖が開き、障子越しの穏やかな光に包まれた部屋へと通される。

畳に丸いカーペットが敷かれ、そこに一台の介護ベッドが据えられていた。横たわるのは、痩せ衰えた男性だ。頭髪は抜け、首から鎖骨にかけては、赤黒いアザが浮きだしている。掛け布団からのぞく腕は枯れ枝のようであり、指先はふるふると震えていた。

それでも、男性の眼光だけは鋭かった。ひと睨みされただけで、亀島は縫い止められたように身動きできなくなった。

儀藤はベッドの脇にそっと身を寄せると、いつもの間延びした調子で語りかけた。

「お加減はいかがですか」

「まあまあさ」

老人は笑う。この男でも笑うことがあるのか。亀島は白々とした光の中で語らう二人を呆然と見つめるだけだった。

老人の名は磯谷達樹。今年で七十六歳になるはずだ。元最高裁判事であり、法の番人として苛烈に生きた伝説的な男でもある。いかなる権力にも忖度することなく、最高裁判事に就任してからは、法に従い厳格な判決を下し続けた。権力者の汚職事件では、各方面からの圧力に屈することなく、有罪判決へと導いた。一方で、多くの死傷者をだした痛ましいホテル火災では、燃えさかる国民感情に流されることなく、経営者たちを無罪とした。あくまで法に則れば、そう結論づけられるからだ。

そうした厳格性から、逆恨みの対象ともなり、謂れない誹謗中傷は日常茶飯事、命を直接狙われた事も一度や二度ではない。

亀島も入庁した当初、磯谷の講演を何度も聞き、本を何冊も読んだ。警察官僚を志した者の中で、磯谷に尊敬と畏怖の念を抱かぬ者はいないだろう。

判事を辞した後は、弁護士等になることを潔しとせず、大学で教鞭を執る傍ら、講演のため各地を忙しく飛び回る毎日であったという。

数年前に癌が見つかり、その後は入退院を繰り返す日々と聞いてはいたのだが……。

亀島が儀藤の肩越しに、亀島を見た。

「彼が君の相棒か」

掠れた声で言う。

「ええ。彼をおいてほかにはいないと考えました」

「君の判断なら間違いはなかろう」

磯谷が上体をもぞもぞと揺する。亀島に挨拶をするため身を起こそうとしているのだと気づき、駆け寄った。

「どうか、そのまま。私、亀島秀康と申します」

「磯谷です。大変な事をお願いしてしまい、申し訳……」

喘ぎ喘ぎそこまで言うと、がっくりとうなだれてしまった。

執事の老人がすっと寄り添い、磯谷の体勢を整える。

儀藤が耳元でささやいた。

「もうお休み下さい。あとは私の方で……」

「いや」

思いがけず、力強い声が磯谷からほとばしった。

「これだけは自分の口で話したいのだ。私の過ちについて」

その迫力に、亀島は思わず後ずさる。消えつつある命の灯火が、突如、メラメラと闘志をもって勢いを取り戻した。生ける伝説とまで言われる人物をして、そこまでさせるものとは、いったい何なのか。

亀島は居住まいを正し、磯谷の言葉を待った。

「大殿浩介を知っているな」

あまりにも意外な名前だった。

「無論、存じております」

「彼の命を救って欲しいのだ」

「は？」

「君も知っての通り、十五年前、彼に死刑判決を下したのは、私を含む最高裁判事だ。私は今でも、あの判決が間違いであったと思うのだ」

足が微かに震え始めていた。緊張のためではない。絶望によるものだ。

磯谷が言葉を発するたび、亀島は追い詰められていた。

十三階の部屋から皇居を見下ろしていたのは、いつのことだったか。ほんの一時間ほど前のことだ。たったそれだけの間に、亀島の世界は反転していた。希望は絶望に変わり、前途に広がっていた輝かしい未来は、暗く淀んだ過去へ取って変わられていた。

死神――。

亀島は儀藤の横顔を恨みをこめて睨んだ。

「大殿の死刑が明日、執行される。そうだろう？　亀島君」

磯谷のか細い声が、全身に絡みついてくる。

「明日の正午に、死刑は執行される」

磯谷は壁にかかる時計に目をやった。針は午後十二時丁度をさしていた。

「丁度、二十四時間後か。それまでに、彼の無実を証明して欲しいのだ」

「そ、それは……」

口の中が乾き、声が出てこない。咳払いをして、声を振り絞る。

「おっしゃる意味が判りません。既に刑が確定した者の無実を証明しろと言われましても……」

「儀藤君だ。私が直々に依頼したのだよ。刑の執行を止めるには、真犯人を見つけだすしかない。つまり、再捜査だ。無罪判決が出ていないのに、捜査を再開する事が異例なのは判っている。しかし、従来の法手続きをしていては、手遅れになってしまうのだ」

磯谷は壊れた人形のような動きで、亀島に近づこうとする。腕の力はなく、全身の筋肉がもはや動くことを拒絶する。それでも、磯谷は前に出ようとする。常識を超えた執念が、亀島を呑みこもうとしていた。

「死に行く者の最後の頼みとして、聞いてくれないか」

右腕を亀島に向け伸ばした姿勢のまま、磯谷は前に倒れこんだ。執事が駆け寄り、上体を起こす。磯谷は意識をなくしていた。目は開いていたが、瞳は何も映していない。胸が微かに上下しているので、呼吸をしていることは判る。

「生ける屍といったところでしょうか」

儀藤がゆらりと立ち上がり、亀島の横に立つ。

「彼はそれでもなお、死神に抗っているのです」

「儀藤警部補、君はまさか……」

「再捜査を始めると、磯谷氏に約束をしました」

「正気なのか？　十五年も前の事件を、それも、たった一日で……」

「より困難な事案を解決に導いたこともあります。私のモットーはね、逃げ得は許さない――なのですよ」

「何を言っている。大殿は真犯人だ。ヤツが村越(むらこし)家の家族三人を惨殺したんだ」

「あなたは当時、事件の管轄であった二子玉川警察署の署長をしておられましたね」

「ああ。刑事部長への異動が決まっていたのだが、当時、警視庁内で汚職事件の摘発があった。そのため人事に大きな変更があり、私が署長に抜擢されたのだ」

「任命の経緯などはどうでもよいのです。あなたは事件に関わっていた」

「関わってといっても、私自身は捜査にも尋問にも立ち会っていない。捜査本部を立ち上げるまでもなく、犯人は逮捕されたからな」

「おやおや。あなたが署長を務める警察署に容疑者は連行され、取調べを受けたのですよ。そして、否認を続ける中、逮捕され起訴されたのです。関係がないとは言わせません」

「それは……そうかもしれないが」

「あなたは、儀藤の相棒となる資格をお持ちなのです」

気がつくと、磯谷の枕元にいる執事が、冷たい視線をこちらに向けている。

いまの容体からみて、すぐにでも医者がやって来るだろう。人事不省の病人の前で、きな臭い議論などすべきではない。

亀島は儀藤に言った。

「場所を変えよう」

儀藤は満足げに微笑む。

「良い場所を知っています」

3

バスと電車を乗り継ぎ、四十分ほどかけてやってきたのは、二子玉川警察署だった。

正面玄関への階段を上がりながら、儀藤は申し訳なさそうに言う。

「私の指揮下にあるということは、公用車などは使えません。移動は公共交通機関となります」

答える気力すら残っていなかった。

十五年前も、この階段を上った。忘れもしない、あれは二〇〇七年五月九日だった。周囲の建物は変わり、庁舎も耐震補強工事や補修などで記憶の中の姿とは異なっているが、その日のことは、今でも克明に覚えている。

十代の子供も含めた惨殺事件だ。その捜査本部に名を連ねる。緊張に身が震えた。首尾良く解決すれば手柄となるが、万が一、失敗した場合、皆が連帯責任を取らされる。こんなところでとばっちりを食うのは御免だった。

しっかり働いてくれよ。

居並ぶ刑事たちを前に、亀島はそう心の内で何度も繰り返した。

まさか、今になってここへ戻ってくるとは。

署内に入っても、二人に目を留める者はいない。儀藤は受付カウンターの脇から、階段を下りていった。一般来庁者用には使われていない、細く、やたらと段差の大きい階段だった。

下りきると、正面にさびついた鉄の扉がある。儀藤は把手を回し、耳に障る甲高い金属音を響かせながら、それを開いた。

「備品倉庫だったようですが、もう何年も使われていないようですねぇ」

「警部補が言ういい場所というのは、ここのことか？」

「ええ。ここならば自由に使ってよいと、署長から許可もいただいています。ほら、この通り、事件資料も既に運びこまれておりますよ」

正方形の小さな部屋には、机も椅子もなく、ただ真ん中に段ボール箱が六つ、無造作に積まれているだけだった。天井からは裸電球が一つぶら下がり、室内をぼんやりと照らしだす。

「まるで、拷問部屋だな」

儀藤が「ムフフ」と嫌な声で笑う。

「さすが鋭いですねぇ。その用途に使われていたことも、あったようですよ。ムフフ」

「その笑い方、止めてくれないか」

「これは失礼。ムフフ」

儀藤は段ボール箱の中をちらりとのぞきこむと、亀島への当てつけのごとく「ムフフ」「ムフフ」と繰り返す。

「さて、ようやく準備が整いました。では亀島警視監、私に事件のあらましを教えて下さい」

「再捜査を始めようという人間が、事件内容について知らないのか？」

「知っての通り、私には友人がほとんどおりません。私に事件内容をレクチャーしてくれるような親切な者は、いないのですよ」

「自慢げに言うことではないと思うが」

「これでも、悲嘆にくれておるのですよ。儀藤を哀れだとお思いになったなら、一つ、事件概要を……」

「判った。あの事件のことは、よく覚えているからな。始めて構わないか？」

「ええ」

儀藤はぬぼっと立ったまま、うなずいた。何とも手応えがないが、椅子一つないため、互いに立ったまま話すよりない。

「事件が起きたのは、この警察署から十五分ほどのところだ。被害者は村越祐太朗(ゆうたろう)、四十三歳、妻功美(いさみ)、三十九歳、長女奈々子(ななこ)、十六歳。三人とも刺殺だった。午後四時十五分、偶然通りかかったパトロール中の警察官二人が、村越宅から飛びだしてきた血まみれの男を目撃。追跡し身柄を押さえた」

「その男が大殿だったわけですね」

「ああ」

「村越家には、もう一人子供がいましたね？」

「長男の昭平(しょうへい)、十七歳。彼は二階の自室に隠れていて、無事だった」

「なるほど。続けて下さい」

「大殿は犯行を否認し、証言を拒んだが、現場の検分などから、大体の状況が判ってきた。村越一家は犯行当日、車でショッピングモールまで買い物に出かけた。その日は水曜日だったが、高校は消防設備の点検で、午前中までだった。一家が帰宅したのは、犯行直前の午後四時から四時十分の間と見られている」

「そこは絞りこめていないのですか？」

「一家が帰宅したところを見た者はいない。昭平も正確な時間は記憶していなかった。いずれにせよ、犯人は帰宅直後に押し入ったと見られた。その根拠というのが……」

「玄関の鍵ですね」

「その通り。鍵をこじ開けたりした痕跡はなく、押し入った際、鍵は開いていたと考えられる。つまり、帰宅直後で家人が施錠する間もないうちに、押し入ったと考えられた」

亀島はいったん言葉を切る。かつて見た、凄惨極まる現場写真が脳裏によみがえったためだ。鑑識課の中にも、カウンセリングを必要とする者が複数出たという。

「根拠としてもう一つ挙げられるのが、遺体の位置だ。生き残った昭平の証言や現場状況などから見て、最初に襲われたのは、娘の奈々子だったと思われる。昭平によれば、自宅に到着後、最初に車から降りたのが功美、続いて昭平。少し遅れて祐太朗だった。奈々子は荷物を下ろすため、やや遅れて最後に降りた。彼女が下車したとき、功美はすでに玄関の鍵を開けていた。昭平も続いて中に入り、まっすぐ二階の自室に行った。そこが運命の分岐点だったわけだ」

儀藤は一番上の段ボール箱を開き、中からファイルを取りだした。どうやら現場写真などがファイルされているもののようだ。

「なるほど。奈々子氏の遺体は玄関にあった。犯人は一家の帰宅を家の陰で待ち、一番最後の奈々子氏が中に入ったのを見て、押し入ったと」

「まず奈々子を刺し、続いて廊下にいた祐太朗を刺す。物音に気づいてリビングから戻ってきた功美を続いて刺殺。そして、玄関を飛びだした――」

「そこを警官に見られ、追跡された。一家の帰宅時間は曖昧であっても、犯行時刻がほぼ特定されているから、その辺は問題にならなかった。そう解釈してよろしいですか？」

「構わない」

「ふーむ」

儀藤は眉間に皺を寄せ、ファイルをパラパラとめくる。

「しかし、返り血を浴びているにもかかわらず、玄関から外に出るというのは、少々、引っかかりますねぇ。資料によれば、村越宅には玄関のほかにもう一つ、出入口がありますね」

「裏口が一つ。人通りも少ない一方通行の道で、河川敷に通じていた。しかし当日深夜、そこでは水道工事が予定されていたんだ。午後四時には作業員が準備を始めていて、裏口前には常に人がいた」

「裏口から出てきた者は誰もいない――か」

「確認済みだ。犯人は慌てていて判断力を欠いたか、あるいは裏口から逃げたくとも作業員が邪魔で出られず、やむなく玄関から逃げた。そう考えるべきだろう」

「もう一点、逮捕された大殿は、犯行を否認していました。にもかかわらず起訴までされています」

「被害者宅から飛びだしてきて、警官から逃げたんだ。逮捕、起訴は当然だろうと思うが、その後の調べで、大殿には動機がある事が判ったんだ」

「彼と被害者一家には関係が？」

「コンビニでバイトしていた奈々子に、客として来た大殿が一方的に言い寄っていたらしい。奈々子は一切、相手にせず、大殿の事を店長に報告したせいで、その店を出入禁止になった。その件をかなり恨みに思っていたようでもある。完全な逆恨みなんだが」

「それが、動機だと？」

「我々はそう判断した」

儀藤は箱から新しいファイルをだし、ページを繰り始める。

「凶器は階段下で発見——これは？」

「見ての通りだ。大殿が捨てていったんだ」

「凶器はいわゆる出刃包丁。新品ではなく、使いこまれており、入手経路は不明ですか。大殿は取調べに対し、どう供述していたのです？　凶器のことも含めて」

「奈々子と話をするため、家に行ったことは認めていた。しかし、殺害は頑強に否定、玄関を開けて中に入ったら、皆が死んでいたと」

「殺意がなかったのであるから、包丁などを持っていくはずもない、というわけですね」

結局、厳しい取調べの結果、大殿は犯行を認める。しかし、裁判では自供を翻し、無罪を主張。

儀藤はファイルを閉じ、顔を上げた。

「判決は有罪、しかも死刑。凶器の入手経路も不明であるし、物的証拠も皆無に等しいのに死刑とは、ずいぶんと思い切った判決です」

「動機はあるし、現場から飛びだす大殿を警官が目撃しているんだ。さらに、被害者一家の身辺に、動機を持つ者は皆無だった。それで十分だろう」

「もう一点、資料には大殿の家庭環境、素行にも問題があったとありましたが」

「家庭環境については、同情の余地があった。五歳のときに父親が女と出奔（しゅっぽん）。母親に育てられたが、男を住まいに引っ張りこんだりと、状況は酷いものだったらしい。中学にも途中からほとんど行かなくなったようだ。一時期は暴力団員の使い走りをしていたようだが、それも務まらず、その日暮らしのような生活だった。母親はそこそこ稼いでいたみたいで、帰る家だけはあったわけだが」

「荒れた生活を送っていたのは、事実でしょう。だからといって、三人を殺すとは限らない」

「警察の捜査に問題はなかった。判決も妥当だ。いまさら、事件を蒸し返して何になる」

「何になる？　あなたには、それがお判りにならない？」

「わ、判るわけがない。第一、もうすべては手遅れだ。大殿の刑は、明日、執行される。今さら、何ができる」

「それだけの時間があれば、何でもできます」

「無茶苦茶だ！」

儀藤は人差し指をピンと立て、亀島の眼前にだした。

「お黙りなさい。あなたはいま、私の指揮下にある事を忘れてはなりません」

警視監である自分がなぜ、警部補風情に命令を受けねばならないのか。叱責されねばならないのか。苛立ちが募り爆発寸前だった。

にもかかわらず、亀島の体は儀藤の人差し指に縫い取られでもしたかのように動かない。

儀藤の唇が動く。

「いいですか。これは死神と死神の闘いなのです。死神は足が速い。こちらの死神が速いか、あちらの死神が速いか、競争ですねぇ」

4

午後四時十分、文京区御茶ノ水にある総合病院の七階で、亀島は儀藤と共に、沈んだ顔つきの医師と向き合っていた。ガラス越しに見える病室では、一人の男性がベッドに横たわり静かに眠っている。顔色は悪く、頬もげっそりとこけている。三十代の青年とは思えないほどに老けこんで見えた。

医師がブラインドを下ろし、病室の光景を遮断する。

「あの通り、定期的に通院をして貰っていますが、一進一退というか、正直、あまり思わしくありません」

儀藤はいまだブラインドから目を離していない。

「具体的にはどういった症状が？」

「鬱症状、睡眠障害……簡単に分類できればいいが、彼の場合はそれらが複合的に絡みあっています。治療には時間がかかるし、実際、治療できるものなのかどうかも……」

医師は絶望的な面持ちで首を振った。

亀島は驚きと絶望の狭間にいた。

「村越昭平――叔父に引き取られ、幸せに暮らしているとばかり……」

儀藤のトロンとした目が亀島に向けられた。そこには厳しい非難の色があった。

「そんな認識で、よく警視監になどなれたものだ」

医師も同調してうなずいた。

「凶行時、彼は二階自室のクローゼットに隠れていたのです。惨状を目の当たりにすることはなかったですが、音はすべて聞こえていた。実の両親、妹の悲鳴を聞いているわけです。その上に、自分だけが生き残ってしまった罪悪感。幸せに暮らしているだとか、あなたは彼が巻きこまれた事件を何だと思っているんですか」

自身が署長を務める署の管轄区で、偶然起きた殺人事件。それ以上でも以下でもない。処理すべき一つの仕事としてしか認識していなかった。事件が解決してしまえば、その後のことは知らない。逮捕された男がどうなろうと、一人生き残った家族がどう生きていこうと。

亀島は口を開くことができなかった。無言のままの亀島に、医師はさらに腹を立てたらしい。

「彼を引き取った叔父さんは、懸命に彼のケアをされました。当初は口もきけず、何より自殺のおそれがあった。そんな昭平君に、懸命に寄り添ってくれたのです。だから、彼は今、生きてここにいる」

亀島にできたのは、ただうなずく事だけだった。

これ以上言っても無駄と考えたのか、医師はため息と共に、体の向きを儀藤の方に変えた。

「長い時間、お待たせしてしまって申し訳ないとは思っている。だが、あなたがたとの面会に慎重になる理由も、判っていただけましたか」

儀藤はうなずきながらも、腰を上げようとはしない。

「先生のおっしゃる事はもっともです。我々としても、できることなら、昭平氏に負担をかけるようなことはしたくない。ただ、再捜査をする上で、どうしてもきいておかねばならないことがありまして」

「いや、しかしね……」

「ききたいことは一点だけなのです。昭平氏は、凶行が始まると同時にクローゼットに入り、警察が保護するまで中に隠れていました。凶行の際、家族の悲鳴に混じってある音楽が聞こえたと証言しています」

「音楽？」

これには、医師も興味を見せた。そのわずかな隙を儀藤は突いていく。

「調書に書かれています。ショック状態であったため、凶行前後の記憶は混乱していますが、唯一、音楽を聞いたという証言だけが明快なのです。少々、気になりましてね」

音楽についての供述は、亀島も知っていた。

「しかしその音楽が何であったのか、曲名すら、彼は思いだせなかったのではなかったか？」

儀藤はブラインドを指さす。

「十五年、彼は彼なりに懸命に生きてきました。今、あらためて問うてみる価値はあると思うのです」

医師は渋い表情を崩さないながらも、儀藤の言葉に心を動かされたように見えた。

「しかし、今さら再捜査などと言われても……」

「被告は死刑判決を受けています。もし無実の可能性がたとえわずかでもあるのならば、調べ直す価値があると、私は思いますがねぇ」

「私は村越昭平君の主治医だ。彼の事を第一に考えたい」

「逃げ得」

儀藤は人差し指を立て、医師につきつけた。

「もし真犯人が別にいるのであれば、その者は今も平然と自由を謳歌しているのです。逮捕された大殿氏が死神の足音に怯え、唯一の生き残りである昭平氏が悪夢の記憶と罪悪感に自身を責めさいなんでいるというのに。私は、そんな理不尽が許せないのです」

医師は椅子に座ったまま、ジリジリと後ずさる。椅子の背がデスクに当たる音をきっかけにして、医師は救いを求めるように亀島を見た。その目をまっすぐに見ることもできず、亀島は顔を伏せた。この場においても、亀島は無力な役立たずだった。

「質問は、一つだと言ったな」

医師が掠れた声を上げる。

「ええ」

「では、私がその答えを聞いてくるというのはどうだ。君らにいくら言われようと、直接、質問をさせるわけにはいかない」

人差し指が引っこめられた。

「良いでしょう。お願いします」

「では、しばらくここで待っていてくれ。そろそろ、目を覚ますはずだから」

医師は妖怪変化でも見るような目で儀藤を睨みながら、壁伝いに部屋を出ていった。

「そんなに私を避けなくても。別に取って食ったりはしませんよ」

ドアの閉まる音を聞きながら、儀藤がつぶやいた。笑うところなのかもしれないが、そんな気分には到底、なれない。亀島は無言のまま、自分の足下だけを見ていた。

儀藤も無言だった。

デスクと椅子だけの狭く暗い部屋で、亀島は儀藤と共にただ、黙って座っていた。

ドアが開き、医師が戻ってきてもなお、亀島は動けなかった。

医師は自分の椅子に戻ると、亀島の事など気にかける素振りも見せず、儀藤に語りかけた。

「音楽の内容については、数年前に思いだしていたそうだ。父親が好きだった映画のテーマ曲だったようで……」

「その映画とは？」

「『スティング』だと」

「ほぅ」

医師は腰を浮かせると、ブラインドを引き上げた。

窓の向こうに、昭平がいた。ベッドの上で上体を起こし、声を上げて泣いていた。


「息子は何もやっておりません」

儀藤と亀島が見守るなか、大殿妙子（たえこ）はつぶやき続けている。

江東区にあるケアホームの応接室だ。南側に面した大きな窓からは、夕暮れの仄かな日差しがさしこみ、妙子の顔を優しく照らしている。だがその光も、彼女の心には届いていないようだ。目を潤ませながら、今も同じ言葉を繰り返す。

「息子は何もやっておりません」

亀島は応接室から出ようと戸口に向かう。その腕を儀藤に摑まれた。

「どこに行くのです？　私たちの仕事はまだ始まってもいませんよ」

「しかし……」

もう見ていられなかった。

「今さら、こんな所に来てどうしようというんだ？」

「数年前に泥酔して階段から落ち、頭を強打。以来、意識がはっきりしないとのことです」

「息子は何もやっておりません」

儀藤の腕を振り払おうとしたが、まるでヘビに絡みつかれたかのように手応えがない。

「おやおや、仲間割れですか」

廊下を早足でやって来たのは、弁護士の三宅慶太（みやけけいた）である。刑事弁護を中心に活動している若手であり、なかなかのやり手と評判であった。

「ご無沙汰をしています」

儀藤が頭を下げる。

「こちらこそ。今日も警視庁の方から？」

「はい」

この二人、既に知り合いのようだった。

三宅弁護士は戸口から妙子の様子をうかがう。

「正直、回復の見こみは薄いらしい。まあ、その方が彼女にとって幸せなのかもしれないけれど。それにしても……」

三宅は打って変わった険しい目つきとなり、儀藤たちを見据えた。

「死刑執行の前日になって、再捜査を行うとか、いったいどういうつもりだ。我々をバカにしているのか？」

「そんなつもりはありません。それより、死刑執行の情報はどこから？」

「こっちは大殿浩介弁護団の一人なんだ。そのくらいの情報は入ってくる」

三宅は、既に暮れきった窓の前で、一人つぶやき続ける妙子を見た。

「俺は、大殿君が無実であると信じている。物的証拠は何もないんだ」

たまらず、亀島は声を上げた。

「大殿の体には被害者の血がついていた」

「村越奈々子さんを訪ねたら、三人が血まみれで死んでいた。奈々子さんの遺体に駆け寄り抱き起こした。血はすべてその時についたものだ」

「ヤツは警官に追われ逃げたんだ」

「いきなり警官に追いかけられたら、そりゃ、逃げるだろう。それだけのことを以て死刑にされたんじゃ、たまったもんじゃない」

三宅は儀藤に向き直ると、さらに詰め寄った。

「儀藤さん、今さら何を再捜査しようっていうんだ。我々は、事件を様々な角度から分析した。だが再審は却下。大殿君を助けることはできなかった。妙子さんは、息子の無実を晴らそうと一生懸命だった。でも、世間の目は余計に冷たくなった。人殺しの息子をかばうのかと、猛烈なバッシングを浴びた。その結果、もともと多かった酒量がさらに増え……」

「息子は何もやっておりません」

彼女は細い首を傾げ、半ば眠っているかのようだった。そんな彼女の薄い唇だけが、動き続ける。

「息子は何もやっておりません」

三宅は遠慮もなく、亀島に指を突きつけた。

「朦朧とした意識の中で、毎日、同じ言葉をつぶやき続けている。その責任は誰にある？杜撰な捜査を行った警察にある。違うか？」

「村越家周辺の目撃情報を見直しているのですがね……」

儀藤は三宅の剣幕に動じた風もなく、いつも通り、どこか間延びした調子で言った。これには、さすがの三宅も毒気を抜かれた様子だ。

「まったく、あんたにはかなわないよ」

「資料によれば、事件発生時、両隣は留守でした。在宅していた裏、向かいの住人たちも、事件にはまったく気づいていなかった。村越家は外出からの帰宅直後ということもあり、窓などはすべて締め切られ、玄関扉も閉まっていた。音が漏れにくい状態だったんですねぇ。結局、事件が明らかとなるのは、大殿氏が村越家を飛びだし、その姿を警官に目撃されるまで待たねばならなかった」

「俺たちが聞いたところと一致する。もっとも、警察の調べはおざなりだったと皆が口を揃えている」

三宅は亀島に対し、険しい視線を投げてきた。一介の弁護士にここまで言われては、さすがに亀島も反論しないわけにはいかない。

「それは聞き捨てならない。警察の捜査は、きっちりと行われていた。印象で判断しないでいただきたい」

「そうだろうか？　犯行発覚時には、既に重要容疑者が確保されていた。その事が、捜査から厳しさを欠いたんじゃないか？　大殿ありきで聴取をし、検証を行った。大殿以外の人物が犯人だった可能性を、あんたらは一度でも検証したかい？」

そう問われると、亀島は口ごもらざるを得ない。

「どうした？　急に歯切れが悪くなったじゃないか。どうなんだ？」

「……いや、していない」

「印象で動いていたのは、どっちだ？　そっちじゃないか」

「しかし、大殿の犯行である事は間違いない。被害者の血が衣服に……」

「大殿の証言には、合理性がある。今も言った通り、血は遺体を抱き起こしたときについたんだ。一方で、凶器の入手経路は不明のままだ。犯行を直接見た者もいない」

「彼には動機があった」

「奈々子と大殿を結ぶ動機だけだろう？　祐太朗や功美について、きっちりと捜査したのか？　昭平についてはどうだ？」

「した……はずだ」

「話にならない。もっと責任感を持てよ。死刑判決が出ているんだぞ！」

熱くなる一方の三宅は、亀島に摑みかからんばかりの勢いだ。

「まあまあ」

そこへ儀藤が割りこんだ。

「私は、昭平氏が聞いたという音楽の存在が気になるのですよ。いま、あなたがおっしゃったように、村越家の窓は閉まり、音が漏れにくい状態だった。それはすなわち、村越家の中に外の音は届きにくかったとも言えますね。にもかかわらず、昭平氏は音楽を聞いている。これは音楽がかなりの大音量で鳴らされたか、あるいは昭平氏のいた部屋の直近で鳴った事を意味するのではないでしょうか」

儀藤の言葉は、三宅の怒りを急速に冷やしていった。彼は亀島から目を離すと、腕を組んで考え始めた。

「しかし、大音量で鳴ったのであれば、ほかにも聞いたものがいるはずだ」

「家の見取図なども確認しました。昭平氏の部屋は家の東側。窓にほとんど接する距離で、隣家の窓があります。ここには当時、貝塚耕三、直美の夫婦が住んでいたのですね」

「だが二人は留守だった。夫はゴルフ、妻は買い物……だったかな」

「そこで話を聞きたいと思ったのですが、村越家を含む一帯は事件後、すべて売りにだされ、今なお、買い手がつかず更地のままです。貝塚ご夫妻も引っ越しをされ、現在の住所は不明となっておりまして」

三宅が苦笑した。

「あんたが尋ねてきたわけがやっと判ったよ。つまり、それを俺にききたいと」

「お恥ずかしい話ですが、警察は彼らの移転先を把握しておりません。調べる事はできますが、時間がかかる……」

磯谷、昭平の許を順番に訪ねる間も、時は止まる事なく刻まれている。

儀藤はおもねるような調子で、三宅にすり寄った。

「あなたなら、ご存じかと思いましてねぇ」

三宅は手荒く儀藤を突き放す。

「教える筋合いはないし、正直、身勝手なあんたらには怒りしか感じない。しかし、大殿君の命がかかっている。まったく、人の弱味につけこむのがうまい。まるで悪魔だな」

「いえ、死神です」

「言うと思ったよ。貝塚耕三氏は再婚して埼玉に、直美氏は都内にいる」

「離婚の原因は何だったのでしょう」

「そんなこと、関係ないだろう」

「今はどんな情報でも欲しいのです」

「浮気だよ。奥さんの」

「ほう……」

三宅は自分の名刺の裏に、ボールペンでさらさらと何事かを書き記した。

「住所はここに書いておいた」

それを嫌み半分だろう、亀島の方に差しだした。人差し指と中指の間に名刺を挟んでいる。何ともキザな振る舞いに、亀島は名刺を手荒く抜き取った。

三宅は苦笑して言う。

「礼くらい言ってもらいたいもんだ。あんたらの尻拭いをしているんだぜ、こっちは」

「何が尻拭いだ。おまえたちは幻を追っているのだ。犯人は大殿に決まっている。いもしない真犯人を捜して……」

突然、右腕を強く引っ張られた。妙子だった。いつの間に近づいてきたのか、考えられない力で、亀島にすがりついてくる。

「お願いします。息子は何もやってないんです。何も、やってないんです」

さきほどまでの、霧がかかったようなぼんやりとした目つきではない。かっと見開いた充血した目には、狂気にも似た何かが宿っている。

亀島は腕を振りほどこうとしたが、逆に、車椅子上の妙子に引き寄せられる。細い指が、襟にかかった。

「どうして信じてくれないの？　息子は何もやってないの。どうして、どうして、死刑なんかに！」

爪の先が喉元に突き立った。息を呑んだ瞬間、縛(いまし)めが緩んだ。

儀藤だった。儀藤が後ろから妙子に寄り添っている。車椅子の脇にしゃがみ、彼女の腕にやさしく手を添え、彼女の目をじっと見つめていた。

妙子の表情が少しずつ穏やかさを取り戻していく。

「ご安心下さい。どのような結果であれ、私は必ず真相を突き止めます」

その言葉で憑きものが落ちたように、妙子の全身から力が抜けた。

儀藤はさらに、彼女に向かって人差し指を立てる。

「逃げ得は許しません――これが私のモットーなのです」

妙子の顔は、いつもの夢うつつに戻っていた。

「息子は何もやっておりません。息子は何もやっておりませんから……」

亀島は足の力が抜け、立ち上がることすらできずにいた。すっと手を差し伸べてくれたのは、三宅だ。その手にすがりながら、ゆるゆると身を起こす。

三宅は無言のまま、妙子の後ろに回り、車椅子を押していく。

「息子は何もやっておりません。息子は何もやっておりませんから……」

その声が少しずつ、廊下を遠ざかっていく。

心の内にぽっかりと穴が開いたようだった。自分がやってきた事は、いったい何だったのだろう。警察官僚として、警視庁ナンバーツーにまで上り詰めた。それがいったい何だというのだろう。どんな価値があるというのだろう。

儀藤の暗く冷たい声が背後から響いた。

「生き残った被害者は、そのことを感謝し、喜びいっぱいに生きていると思っていましたか？　死刑となった息子を持つ母親は、反省を胸にひっそりと暮らしていると思っていましたか？　殺人とは、そのように安直に理解できるものではないのです。特に今回のように、真実が曲げられた可能性がある場合は」

「儀藤警部補……」

「彼らを癒やすには、真実が必要なのです。私が今回、特別に動いているのはそのためです。お判りいただけましたか」

亀島はうなずいた。

「判った、よく判ったよ。それで、次はどうすればいい？　残り時間は決して多くはない」

「行き詰まった時には、隣人にきけ」

「そんな格言が、あるのか？」

「いえ、私がいま、作りました」

「警部補！」

「相棒がせっかくやる気になってくれたのです。その熱が冷めないうちに、出かけましょう」

時計は既に午後七時半を回っていた。

5

カウンターだけの薄暗い店内には、カラオケ用の大きなモニターがあり、黄色いお花畑を行くSLの姿をのんびりと映しだしていた。

昭和の面影を残した横丁にあるスナック「シャドウムーン」に客は一人もおらず、焼酎の瓶がずらりと並んだ壁の前には、厚化粧の女性が一人、猜疑心に満ちた目で、亀島たちを値踏みしているだけだ。

彼女の手には、たったいま、儀藤から渡された名刺がある。

「警視庁の方からって、所属も連絡先もないじゃないか。ふん、警察騙(かた)って、飲み代踏み倒そうってのかい。そんな黴のはえた手が、あたしの店で通用するわけないだろ。出直してこい」

「いえ、踏み倒す気などありません。そもそも、ここでお酒をいただこうなんて思っておりませんのでねぇ」

猫背で陰気な儀藤は、この店の雰囲気によく似合っていた。

「直美さん、別にお店をどうこうしようというのではないのですよ。ちょっとお話を聞きたいだけなんです。あの事件の」

あの事件と言われただけで、直美にはすべてが呑みこめたようだった。

「まったく、ようやっと客が来たと思ったら、これだもん。第一、あの大殿ってまだ生きてたんだね。とっくに死刑になったと思ってたよ」

「十五年前の事件発生時、あなたは自宅を留守にしておられた」

「そう。あん時のことは、よく覚えてる。駅前のショップで携帯買って戻ってきたら、大変な騒ぎになっててさ。でも良かったわよ。帰るのがもう少し早かったら、道で大殿と鉢合わせしていたかもしれないじゃない？　とばっちりは御免よ」

「実は、耕三氏とも会ってきました。埼玉まで出向いたため、こちらにうかがうのがこんな時間になってしまいまして」

時計は午前二時をさしている。

「ここは夜の店なんだから、別にかまやしない。それで、彼は、元気にしてた？」

直美が遠くを見るような目つきでつぶやいた。

「ええ。新しいご家族とお幸せそうでしたよ」

「けっ」

直美は一転して顔を顰めると、傍にあったグラスをあおる。中身は恐らく焼酎だろう。

「離婚原因は、あなたの浮気だったとか。いま、そのお相手の方は？」

「とっくに別れたわよ。いまどこでどうしてるのか、知らない」

「離婚の際、耕三氏は探偵を雇い、あなたと浮気相手の行動を細かく探っています。その報告書のデータも送ってもらいました」

「あいつ、まだそんなもの取ってたの？」

「ええ。すべてデータ化して保存しているとか」

「昔から、変なところ几帳面だったのよ。そういうところが、だんだんと鼻についたのよねぇ」

「どんな探偵を雇われたのかは知りませんが、いやあ、詳細に記録されていて驚きました。いつどこであなたがたが密会をし、ホテルに何時間滞在されたかまで……」

「ちょっとあんたら、ここに何しに来たのよ。大殿の再捜査とか言ってたけど、あたしの過去を暴いていびり倒してるだけじゃないのさ」

直美は流し下から芋焼酎の一升瓶をだすと、グラスになみなみと注いだ。独特の香りがモワンと店内に広がる。

「まったく、どいつもこいつも、冗談じゃないってのよ」

グラスを半分ほど空にした直美の頰は、ほんのりと赤く染まっている。酔いはかなり回っているようだった。

ウカウカしていると、まともに喋れなくなりそうだった。それでも、儀藤はいつもののんびりとしたペースを崩さない。

「いくつか気になる点がありましてね。密会の際、ご主人がお留守のときは、ご自宅を使うこともあったと。大胆ですねぇ。ヒヒヒ」

「うるさいわよ」

「水曜日はご主人がお休みの日であり、ゴルフでお出かけの際は、よくご自宅に相手を引きこんで、ヒヒヒヒヒ」

「だから、うるせえっての」

直美の手からグラスが飛んできた。儀藤はひょいと左に首を傾げ、ギリギリのところでそれを避ける。グラスは壁に当たり、派手に砕けちった。

直美は舌打ちをするや否や、棚から新たなグラスをだし、焼酎を注ぐ。

儀藤はグラスが空になるのを待ち、また間延びした口調で続ける。

「うるさいではすみません。あなたは事件発生時、自宅にはいなかったと証言されている。でも事件当日は水曜日。あなたはあの日、自宅に恋人を連れこんでいたのではないですか。事件に気づかなかったのは事実でしょうが、余計な詮索をされることを恐れ、留守であったことにした。これは立派な偽証ですよぉ」

直美はグラスを酒で満たしながら、開き直った様子でまくしたてた。

「だからどうだってのさ。離婚して、恋人とも別れたんだからいいだろうが」

「それとこれとは問題が違います。ですが、今は偽証のことは問題にしません。それよりも、本当の証言が欲しいのです」

「この際だから、何だって答えてやるよ」

「浮気相手の男性は、人目を憚り逢瀬には車ではなく、電車を使っておられた。いつも決まった時間にご自宅を訪ねられたその男性は、いつも決まった時刻にあなたの家を出て、駅に向かい、決まった電車に乗る。そして、電車に乗る前、あなたの携帯に必ずラブコールをしていた」

直美がにやけた顔で、「げへへへ」と笑う。

「その通りよ。あぁ、今思い返しても、いい男だったねぇ。耕三なんかとは大違いでさ」

どうやら直美は、酔いが進むほどに口が軽くなるようだ。儀藤はそのあたりも見抜き、わざと彼女に酒を飲ませたのだ。

もはや直美は質問などしなくても、勝手に喋っている。

「隣であんな事件さえ起きなかったら、もうちょっとバレずに続けられてたかな」

「と、言いますと？」

「隣であんなことが起きたわけでしょう。怖くて家になんかいられないわよ。あたし、その日からホテルに移ったの。耕三は一人で家に残ってたけど」

「なるほど。ホテルでの一人住まい。何もしないでいる手はありませんなぁ」

「でしょう？　で、これ幸いと男を引っ張りこんだんだけど、ばっちり証拠写真、撮られちゃってさ。そこからは早かった。耕三はあの家にも見切りをつけて、さっさと手放し、別のマンションに移った。あたしは宿無しになっちゃってさ。友達や男んとこ泊まり歩いて……ちょっと待って、こんなこと、あんたらのやってる再捜査に関係あんの？」

「あるかもしれませんし、ないかもしれません」

「その程度のことで、人の古傷えぐんないでよ」

「えぐってなどおりませんよ。あなたが勝手にペラペラと」

「うるせえ」

またグラスが飛ぶ。儀藤が今度は首を右側に傾ける。グラスは壁に当たって砕け、直美は新しいグラスに焼酎を注ぐ。

「一つ質問をさせて下さい。お話を聞いた限り、あなたは事件当日に自宅からホテルに移り、その後、一度もご自宅に帰っていないのですか？」

直美はうなずいた。

「電光石火で別れたから。あたしの荷物はトランクルームに放りこまれてた」

「ええ。トランクルームの領収書も電子化して保存されていました」

「それだよ。細かいところまでチマチマと。耕三らしいや」

「そうですねぇ」

「ホント、鬱陶しいヤツだったよ」

「そうですねぇ」

「あ、言っておくけど、浮気も離婚も、あたしはちっとも後悔してないんだから」

「そうですか。ところで、気になるのは、その電話です。男性は午後四時丁度の電車に乗る直前に、電話をしていた」

「その電話が楽しみでねぇ。だけど持ってた携帯の電波が悪くってさ。だから、その日の午前にショップで機種変したのよ。警察には、午後に行ったたって証言したけど」

「ところであなた、携帯の着信音は何にされています？」

「好きな曲があって、着信音はずっとその曲にしてるわ」

「十五年前はどうでした？」

「もちろん、設定していたわよ」

「事件の日に購入された携帯は？」

「家に着いて、すぐに設定した。実はその曲、男が好きで鼻歌で歌ってたの。前の携帯は『帰って来たヨッパライ』だったんだけど」

「それも、どなたかの趣味で？」

「学生時代に付き合った男だったかな。忘れちゃったよ」

「で、帰宅後、着信音を設定した」

「そう、うれしくて、一番にやっちゃった」

「着信音は、今も変わりませんか？」

「ええ。あたしも気に入ったから、それ以来、ずっと同じ曲」

儀藤は携帯をだし、素早い手つきで番号を押し始める。

「ちょっと、人と話してるときに、どこに電話してんのさ」

「あなたにです」

「え？」

「番号は失礼ながら、こちらで調べさせてもらいました」

カウンターの端に置かれた直美の携帯から、着信音が流れ始めた。「スティング」のテーマ曲、「ジ・エンターテイナー」だった。

「儀藤警部補、つまり、昭平君が耳にした『スティング』のテーマ曲は、直美の携帯の着信音だったわけだな」

人通りの途絶えた駅から住宅地への道を、儀藤と亀島は肩を並べて歩いていく。

深夜でもぼんやりと明るい都会の夜空に、星の瞬きもほとんどない。

「そうです。事件があったのは水曜日。彼女は当日、在宅していたのです」

「まったく、何てヤツだ。彼女の身柄は、所轄に拘束して貰った。すぐにでも尋問に移れるが」

「彼女の嘘はもはや問題ではありません。それよりも電話の着信時間が問題です。直美氏の証言によれば、電話がかかってきたのは、ほぼ午後四時丁度です」

「彼はその時間、既にクローゼットの中に身を潜めていた。昭平君の部屋の窓と、直美宅の寝室は近接している。一方の窓が開いていれば、音はそこそこ聞こえただろう。だが待てよ……」

儀藤は「ようやく気づいたか」とでもいうように、含み笑いを浮かべつつ、うなずいた。

「午後四時の時点で、昭平氏がクローゼットに入っていたということは、襲撃が起きたのはそれより少し前になります」

「だが、大殿が村越宅から飛びだしてきたのは、午後四時十五分だ。四時前に押し入った大殿がそんな時間まで何を？」

血の気が引いていくのが感じられた。

「まさか……」

「犯行時刻の前提そのものが間違っていたのかもしれません。村越一家が帰宅したのは四時より少し前。さらに、犯人が押し入った時刻もやはり早かった」

「そ、そうなると……すべてが崩れてしまう」

亀島はまた、呆然とするよりなかった。儀藤は当初より、村越一家の帰宅時間を気にしていた。

儀藤は言う。

「四時十五分に家を飛びだした大殿氏が無実だとした場合、問題となるのは、非常にあやふやな犯行発生時刻です。そこがずっと気になっていたのですよ」

「しかし、そうなるといったいどこから考え直せばいいのか……」

亀島ははっとする。

「出口だ。村越宅には出口が二つあった」

儀藤は満足げにうなずいた。

「そこに気がつけば、大いに前進できそうですね」

「四時より前であれば、裏道の工事準備はまだ始まっていない。犯人は裏口から逃走することも可能だった！」

「その点を検証してみたくて、ここに来たのですよ」

二人の眼前には、広大な更地が広がっていた。かつて、村越一家の自宅があった場所だ。

惨劇の家は事件後、間なしに取り壊され、それに呼応するように近隣の家々も離れていった。

十五年たった今でも、何もない土地だけが忌まわしい記憶を留め続けている。かつて、そこの賑わいがあった場所とは想像もできない。

駐車場と正面玄関のあった場所に立つと、河川敷に通じる裏路地もはっきりと目視できた。

亀島は記憶を辿りながら、言う。

「路地の周りは古い家屋が多く、村越宅のあったこちら側、新興の住宅地とは対照的だった。住人も高齢者が多く、人通りも少なかった」

今現在は、河川敷方向から再開発の波が進んできているようで、独身世帯向けのワンルームマンションや建て売りの戸建て住宅が、整然と広がり始めている。この時刻、さすがに人通りはないが、かつてに比べれば、かなり賑やかになっているだろう。

「十五年前、賑やかであったこの界隈はいま更地が広がり、逆に寂れていた地区には人が戻りつつある。一つの事件がここまで対照的な未来を作ったのですねぇ」

儀藤が珍しく感傷的な言葉を口にした。

「儀藤警部補、ここまで来てはみたものの、得るものはないようだ。これからどうする？我々にはもう時間が……」

「本来であれば、もっとじっくりと様々な案件を検証するのですが、おっしゃる通り、もう時間がありません。最後の可能性に賭けてみましょうか」

「最後？」

「あなたに今一度、尋ねます。十五年前の捜査は、完璧になされたとお思いですか？　それとも……？」

亀島は即答するよりなかった。この一日で見てきたものは、あまりにも重すぎる。昨日の朝まで抱いていた警察に対する価値観は、もはや一変していた。

「いや、完璧にはほど遠いものであったと思う。残虐な事件であり、マスコミの報道も激しく、捜査陣には相当なプレッシャーもあった。そんな中で、絶対的とも言える容疑者が既に手中にあった。捜査の方向は容疑者である大殿に集中し、それ以外の可能性を検討する事は、ほとんどなされなかったと考える」

「つまり、大殿氏以外に犯人がいる可能性の検討は……」

「ほとんどなされていない。被害者一家の足取り捜査も動機の解明も、すべてが大殿ありきに陥っていた。もし彼が真犯人ではないのならば、すべてがひっくり返る。だが……」

亀島は歯をくいしばり、最後の言葉をしぼりだした。

「もう手遅れだ」

現在午前五時四十分。

しかし、儀藤の声には落胆も絶望もない。

「あと六時間二十分もあります。少々、危うい賭けになりますが、やってみる価値はありますよ」

儀藤はノコノコと歩きだす。

「ど、何処へ行くんだ？」

儀藤は更地の向こうに延びる裏路地を指す。

「あそこを歩いてみましょう。河川敷まで」

「そんな事をして何の意味が？」

いぶかりながらも、亀島は儀藤の後に続く。

路地の両側には建築中の住宅が多い。どれもマッチ箱のような外観のこぢんまりとした造りだが、通りに沿ってそれらがずらりと並ぶと、なかなか壮観ではある。

「事件当時、この通りはほとんど人通りがなかった。変われば変わるものだ」

「ではもし、犯人が裏口から出て、河川敷までの道を目指したとすれば、誰にも見とがめられることはなかった。そう考えられますか」

「考えられるだろう。たとえ、返り血を浴びていたとしても。儀藤警部補、やはり君は……」

「ええ。犯人はこの通りを走り抜け、河川敷に出たと考えています」

「だがそれからどうするんだ？　着替えもなく、体についた血を洗い流すこともできない。まさか、川で洗ったなんて言わないだろうね」

「どうでしょうか、そのまさかかもしれません」

「何？」

二人は河川敷の堤防へと上がる階段を上った。

やがて、河川敷を一望できる場所に着く。

緑に覆われた堤防沿いを、ゆっくりとジョギングする男性が二人。犬の散歩をする老人が一人。その向こうにかかる橋では、すでに車の往来が始まっていた。

そんな中、亀島の目を引いたのは、橋のたもとあたりに集まる色とりどりのテントだった。さらに、川沿いの方には、ブルーシートでできた掘っ立て小屋も数軒並ぶ。

「あれは……ホームレスのテント？」

「ええ。一時期に比べ数は減ったようですが、まだ十数人があそこで生活しているようです」

二〇〇〇年に入ったころ、ホームレス問題はマスコミにも大きく取り上げられていた。ブルーシートのテント村ができ、そこに起居する者たちが、近隣住人とトラブルを起こしている――、そんな事案も相次いだ。都心の地下通路にも、段ボールで作った「家」が並びだし、やはり通行人たちとのトラブルにもなっていた。警察で取り締まってくれという市民からの声も多く寄せられたと記憶している。

「私が署長をしている時も、何度か問題になった。しかし、私に何ができる。一介の警察署長に。せいぜい、ホームレスに退去を促すくらいが関の山だろう。それに……」

喉元まで出かかっていた言葉を、亀島は呑みこんだ。しかし、儀藤には既に見透かされていた。

「ホームレスたちはいつの間にかいなくなっていった……そうおっしゃりたいのでしょう？」

「その通りだ。なくなったとまでは言えないかもしれないが、確実に数は減った」

「確かに、あれほど世間を騒がしていた段ボールハウスはいつの間にかなくなり、路上にたむろする者たちも減ったように見えます。ですが、問題が解決したわけではない。日本には、貧困に喘ぐ人々がいる。そしてその数は年々増えている」

儀藤は悲しげに首を左右に振ると、河川敷へと今度は下りていった。そしてまっすぐに、ホームレスたちの「村」に向かっていく。

後を追いながら、亀島は言った。

「しかし、いきなり押しかけて、彼らが話してくれるだろうか。ああした人々は、我々警察を毛嫌いしているものだが」

「まともに行っても、門前払い、いや、段ボールハウス払いでしょうねぇ」

「なら……」

「あまりこういう手は使いたくないのですが、今回ばかりは時間がありません。何しろ、相手は死神ですから」

死神と呼ばれる男は、陰気な微笑みを浮かべた。

「冗談を言っている場合ではないだろうに」

河川敷は思っていたよりもよく手入れがなされていた。雑草の類いも見当たらず、空き缶などのゴミもまったくない。

「気がつきましたか。この辺りは彼らが毎日、掃除をしているのです。草木の手入れも含めてね。他の地区で、彼らを強制的に追いだした結果、河川敷が荒れて、逆に治安が悪くなったという話を聞いたことがあります」

「警部補の言わんとするところも判らないではないが、我々は警察官だ。法律に従う必要があるし、対応に公平性を欠くべきではない。彼らがしていることは、公共の場の不法占拠でもあるのだよ」

「だから、追いだしてもよいと？」

「正直、やむを得ないと考える」

「追いだされた彼らは何処に行けばよいのですか？　また別の河川敷に行き、あなたの言う不法占拠を続けるだけです」

「だがそれは……」

「今、流行りの自己責任というヤツですか？　私はその言葉が大嫌いでしてねぇ」

気がつけば、段ボールとブルーシートで構成された家々が間近に迫っていた。遠くから眺めていただけでは判らなかったが、そこはかつての長屋のような様相だった。布やビニール一枚で仕切られた住まいの前には、ビニール袋に包まれた様々なものが置かれている。ガスコンロや七輪などもあった。用途不明の包みも数多くある。雨に濡れないようアクリル板を縛りつけ、軒を作って新聞紙などを積んでいる所もある。そのほかにも、自転車や大八車なども目についた。

彼らが当てもなくその日暮らしをしているだけではない事が、それらを見ればよく判る。逞しく、懸命に、彼らは生き抜いている。

「これを自己責任で片付けられますかねぇ」

儀藤が聞こえよがしにつぶやく。亀島には返す言葉がなかった。

「あれ？」

目の前にあるブルーシートの一部が上がり、ヒゲもじゃの男性が顔をだした。髪も伸び放題のうえ、マスクをしているため、人相が判らない。

「こんな時間に何ですかね？」

警戒心のこもった調子で尋ねてくる。亀島は身分証をだそうとしたが、儀藤にやんわりと止められる。

「我々は、トンさんに会いにきたのですが」

ヒゲもじゃの様子が一変した。

「あんたがた、トンさんの友達？」

「ええ、まあ、そのようなものです」

「トンさんなら、橋の下の三軒目」

ずらりと並んだ家々を示しながら、ヒゲもじゃは言う。

「朝早くからすみませんねぇ」

「早くなんかねえよ。この界隈、もうほとんど出払ってるんだ。空き缶拾いにしても、日雇いにしても、朝一番が勝負だからな」

男はそう言うと、さっさと中に入ってしまった。

言われてみれば、家々の中に人の気配はしない。どのくらいの人間が肩を寄せ合っているのかは判らないが、いまは一日でもっとも閑散としている時間帯のようだった。

儀藤は教えられた通り、橋に向かって進む。左右の家々は、造りこそ似たようなものだが、パイプを半分にした自作の樋を設け、雨水をポリタンクに溜めている者がいたり、どこで手に入れたものか、バーベキュー用のグリル一式が無造作に積み上げられていたり、それぞれに個性がある。そこここからすえた臭いが漂ってはくるが、生ゴミの類いは目につくところになく、思っていたほど汚れてはいない。

トイレなどはどうしているのだろうか。そんなことを思いながら、橋の下、薄暗い中に建つひときわ年季の入った段ボールハウスの前に立つ。表にはグラビア雑誌を切り取ったと思われる女性の写真が、所狭しと貼ってある。橋の下ゆえ、雨露の心配が少ないためか、紐で縛った雑誌類が自らの縄張りを示すかのように、大きく輪を描いて積まれていた。住人は古雑誌の販売を生業としているのかもしれない。

人の気配をいち早く察したのか、ヒゲもじゃの時同様、声をかける前に、さっとブルーシートがめくられる。

現れたのは、派手なアロハシャツを着て、麦わら帽子をかぶった五十過ぎの男だ。頭はつるりとはげ上がり、ゆで卵を連想させる顔かたちだ。ぱっちりと愛嬌のある目に、丸くぼってりとした鼻、分厚い唇と、失礼ながら漫画の世界からそのまま抜けだしてきたようにも見える。

男は大きな目をパチパチさせると、儀藤に向かって手を差しだした。

「とりあえず、貰っとくよ」

儀藤はすかさず、いつもの名刺をその手に渡す。

「警視庁の方から来ました……」

「うわぁ、やっぱり本物だ。へえ、死神さんってホントにいるのね」

亀島は戸惑った。警視庁内でも都市伝説化している儀藤のあだ名を、なぜ一般人の、しかもホームレスの男性が知っているのだろうか。

訝る亀島の前で、男は名刺を押し頂くと、ふいに目を潤ませた。

「あんたが、ぺーさんの知り合いの仇を討ってくれたんだよな」

「お気の毒なことでした。ぺーさんのお知り合いは、残虐な殺人事件に巻きこまれたのです」

「イーさんて仇名でさ、長いこと、ここで一緒に暮らしてたんだよ。でも、五年くらい前、治安が悪くなってね。ホームレス狩りみたいなの、流行ったでしょう？　このあたりは、派手に報道されたりしたから、余計に妙なヤツらが集まってきてさ。仲間が何人もやられたよ。それで、優しいぺーさんとイーさんは、嫌になっちゃったんだね。もっと平和な所に行くって、ある日、出ていっちゃった」

「そのイーさんが事件に巻きこまれ、命を落とした。皮肉な巡り合わせですねぇ」

「まったくだよ。でも、あっちにいるぺーさんから聞いたんだ。妙な刑事と女の警察官がやって来て、イーさんの仇を取ってくれたって」

どうやら、ぺーさんというのは、儀藤が再捜査した事件の関係者のようだ。

儀藤は横目で亀島の様子をうかがうと、低く間延びした声で言った。

「詳細ははぶきますが、あなたの推測通りです。イーさんは私が再捜査した事件の被害者でした。この方は、イーさん、ぺーさんのご友人でトンさんとおっしゃいます」

何ともややこしい。いくら仇名でも、もう少し、気を遣ってもらいたい。

トンは黄色く汚れた歯を見せながら、明るく笑ってみせた。

「よろしくね。ぺーさんの時は女性連れだったのに、こっちに来るときはおっさん連れか」

「そうした物言いは、少々、不謹慎ではありませんかぁ？」

「悪い悪い、冗談だよ」

さすがの儀藤も、あっけらかんとしたトンの態度には、ペースを乱されているようだった。

「まあ、そんなこんなで、伝手を頼り、このトンさんに行き着いたというわけです。伝手などというものを、私は使いたくないのですが、今回ばかりは致し方ありませんからねぇ」

トンは古雑誌の束を避けながら、笑う。

「俺らみたいな人間に貸しを作るなんて、よっぽどのことだもんなぁ」

この貸しはいずれ返して貰う。暗にそう言っているのだ。

儀藤は鷹揚にうなずいた。

「無論です。その時がくれば、きっちりと返します」

「死神相手じゃや、何だかぞっとしないな。貸しを返してもらうつもりが、地獄に引っ張りこまれそうだ」

儀藤は「ムフフフ」と不気味に笑っただけだった。

そんなやり取りに、亀島は焦燥を募らせる。時は止まらない。もう一人の死神はいまも、大殿に近づいているのだ。

「それでトンさん……」

儀藤が周囲に目を走らせつつ言った。

「判ってる、判ってる。時間がないんだろう？　何だい、ききたい事ってのは？」

「トンさんはこの辺りで一番古いと聞きました。十五年前に起きた村越家の事件、ご記憶でしょうか」

「忘れるわけないよ。酷い事件だった。でも犯人は捕まって、たしか死刑になったんじゃ？」

「刑はまだ執行されていません」

「そうなの？　あの犯人、まだ生きてんのかぁ。いや待てよ……」

儀藤を見る目つきが変わった。

「あんたは確か、無罪が出た事件の再捜査をする刑事だって聞いた。おい、まさか……」

さすがに鋭いところがある。儀藤は曖昧な笑みを浮かべつつ、質問を続ける。

「あの事件があった日、不審な人物を見かけませんでしたか？」

自分の想像が図星であったことを確信し、トンの目が輝きを増した。

「いやちょっと待ってくれよ。犯人は捕まったヤツじゃないってこと？　それに、あんたの口ぶりだと、犯人は俺らの中に？」

「あくまで、可能性です」

トンの顔色がみるみる曇っていった。

「可能性か……」

低くつぶやくと、先ほどまでの饒舌ぶりは消え失せ、じっと黙りこんでしまった。

亀島は苛立ちを抑えきれず、口を開こうとしたが、さっと儀藤の手が出て、制止された。

いま、トンの顔には苦悩の色がありありと浮かんでいた。

「帰ってくれないか。やっぱり、会うんじゃなかったよ」

その声を聞いても、儀藤の表情は変わらなかった。

「トンさん……」

「俺だってさ、別に好きでこんな所にいるわけじゃないんだ。成り行きっていうか何ていうか、どうにもならなくってさ。ここには、そんなヤツらがいっぱいいるんだよ。ペーさん、イーさんだって同じだったよ」

「判ります。よく判りますよ」

「そうだろうかね。死神さん、あんただって、心の中では、自業自得だ、自己責任だって思ってるんじゃないのかね」

儀藤は答えなかったが、亀島の心中は、トンが言ったまさにその通りだった。

その思いが顔に出たのか、トンの口調はさらに険しさを増した。

「あんたの相棒は、正直者だな。嘘がつけないらしい」

「いや、そんなことはない」

何とも間抜けな返答をしてしまう。これには儀藤もやや呆れ気味で、やれやれとばかりに首を左右に振る。

「おめでたい警察エリートには判らんかもしれないがね、ここは何もかもが灰色なんだ。人からは悪人だと見られても、逮捕はされない。本当は住んじゃいけない場所に住んでいるが、追いだされはしない。存在は見えているのに、誰も見ようとはしない。そんな危うい境界線の上で、俺たちは生きている」

「ええ、そうですねぇ。危ういですねぇ」

「認めるんだ。さすが死神だな。なら、あんたにも判るはずだ。何かちょっとした出来事で、この危ういバランスは崩れるんだ。灰色はすぐに黒く染まるんだ。あんたら警察がやって来て嗅ぎ回るだけで、バランスは崩れる。俺たちは責められ、追われ、バラバラにされて、今度こそ誰からも見えない所に送られるかもしれない」

トンは儀藤たちに背を向けていた。

「そんなことにはしたくない。だから、もう……」

「何を言ってるんだ、あんた」

気づいたときには、口から言葉が出ていた。爪が食いこむほどに両手を握りしめ、体は抑えようもなく震えていた。

「何を言ってるんだ！」

トンが振り返った。

「自業自得がなんだ、自己責任がなんだ。あんたの言ってる事はただの自己陶酔だ。格好つけて、逃げているだけじゃないか」

「あんたに何が判るんだ。そんな気取ったなりをして、上からでしか物が言えない。あんたみたいなヤツらがな……」

「命がかかってるんだよ、こっちは！　灰色が黒になるだと？　大殿はもうすぐ無になるんだ。消えてなくなるんだ」

「大殿？　消えてなくなる？　大殿ってたしか、村越一家殺しの……」

トンはあらためて儀藤を見た。

「もしかして、大殿の……？」

儀藤は重々しくうなずいた。

「死刑執行まで、残された時間はあと数時間。いずれにせよ、もう手遅れかもしれません。

ですが」

儀藤は人差し指を立てた。

「私はどうしても、逃げ得が許せないのですよ」

亀島も頭を下げた。

「トンさん、頼む。何か知っていることがあったら、教えてくれ」

トンは恨めしげに口の端を歪め、早朝の段ボールハウスを見やった。雀が数羽やってきて、傍の草むらで餌をついばみ始めた。

「終わりってのは、突然、やって来るもんなんだなぁ」

杖をついた老人が一人、河川敷をやって来た。

「ようトンさん、どうしたい？　難しい顔して」

ホームレスではないようだが、トンとは顔なじみらしい。横に立つ儀藤と亀島を不審げに見つめる。

「何だい、この人は？」

「死神だよ」

「え？」

「みんなが戻ったら、荷物をまとめとくよう伝えてくれ」

「え？　そりゃ、どういうこと？」

「死神に魅入られたら、おしまいってことさ。頼んだよ」

トンはそう言い置くと、歩き始める。

「死神に相棒、ついてきな」

トンは橋の下を抜け、河川敷を足早に進み始める。

橋を挟んだ反対側には、段ボールハウスの類いはまったくない。少し先に、運動場があるためだ。遊歩道なども整備されており、市民の憩いの場としての役割を担っているようだった。

「橋を挟んで区が変わるのさ。こっちは市民の楽園、向こうは俺たちのパラダイス」

トンは乾いた笑い声を上げながら、人気のない運動場の真ん中を横切っていく。

「人が出てくると、俺たちはここには来ない。無用な軋轢は避けたいからな。その一方で、雑草取りやゴミ拾いは毎日やってる。そうやってビクビクしながら生きてんのさ」

彼と少し距離を置きながら歩く亀島は、トンの意図を測りかねていた。

「それで、何処に連れて行くつもりなんだ？」

「黙ってついてくればいい」

「もう時間がないんだ」

「どっちにしても、これがラストチャンスだ。焦らずついてくればいい」

「しかし……」

「とりあえず、トンさんの言う通りにしましょう。今度ばかりは、運を天に任せるしかないようです」

「死神なのに？」

「死神でも、苦しい時は神頼みをします」

「地獄の閻魔ではなく？」

「閻魔はこちらの願い事など、聞いてはくれないでしょう」

「死神の神頼みも変だ」

「死神だって人間です」

「死神は死神だろう」

「ちょっとあんたら」

トンが足を止めて振り返った。

「少し黙っててくれ」

「すまない」

「申し訳ありません」

運動場を越えてさらに進むと、雑草が伸び放題のエリアに入る。きちんと整備されていた先の場所とは大変な違いだ。

「ここは十年ほど前に、第二運動場として整備される予定だった。それが折からの不況で中止になり、以来、放置されてるんだ」

「しかし、フェンスの類いもないし、立入は自由なのか？」

「元は立入禁止の看板くらいはあったけどね。いつの間にかぶっ壊れて、そのまんまだよ」

人の背丈ほどある草が、ザワザワと亀島の両側で音をたてる。

トンが再び足を止めた。

「我々のコミュニティは出入りが激しい。去る者は追わず、来る者はけっこう拒むってヤツでね。十五年前のことを知ってる人間なんてほとんどいない。俺とこの先に住んでるじいさんくらいだ」

「ほほう」とつぶやいた後、儀藤が尋ねる。

「氏名は判りますか？」

「さあなぁ。昔聞いたかもしれないが、忘れた。今じゃ、名無し（ななな）って呼ばれてる」

「名前がないから名無し？」

「いや、髭をはやしていてさ、昔の西部劇に出てきたヤツみたいだったから」

儀藤がニヤリと笑う。

「『荒野の用心棒』ですかねぇ」

「そうそれ」

亀島には、何の事やら判らない。映画なぞ、時間の無駄とばかり、ほとんど観てこなかった。

「名無しのじいさんは大人しくてさ、空き缶拾いや古雑誌売って、何とか命を繋いできた。酒もあんまり飲まないで、いつもニコニコして、何というか、温かい人だよ。お、見えた、見えた」

生い茂る草の向こうに、だらりと垂れ下がったシートが見えた。小屋だ。トンたちが住んでいるような、間に合わせのものではない。ブルーシートや段ボールなどを使いつつも、鉄パイプや角材などを柱代わりにし、亀島が今まで見てきたものより遥かに堅牢な造りとなっていた。固定にはテープなどではなく麻縄を使い、屋根となる部分にはトタンが載っていた。雨水を溜めるための樋とタンクもある。入り口には分厚い板がたてかけられ、その脇には自転車が横倒しになっていた。建物を囲むように、パンパンに膨れたゴミ袋が並び、古新聞、古雑誌の類いも紐で結わえてトタンの軒下に積み上げてある。

儀藤が感心した口ぶりで言う。

「ゴミはしっかりと分別がなされていますねぇ。缶は缶で詰められている。売っているのでしょうねぇ。しかし、温厚で物静かな人が、どうして一人、こんな離れた場所で？」

「移ったのは十年くらい前かな。橋の周りに人が集まり過ぎてさ。場所がなくなってきたのもあるけど、いろいろ面倒事が続いてさ。人が多くなると、喧嘩だの何だのが起きる」

「そうした事から距離を置きたいと？」

「まあ、そうなんじゃないかね。どっちにしても、話を聞くのなら、名無しのじいさんが一番だ。何か覚えているかもしれない」

草を踏み固めて作った細い道を、トンは辿っていく。

「名無しのじいさん、いるかい？」

小屋の中で気配がした。シートがペラリとめくり上がり、白い髭をたくわえた老人が、大儀そうに顔を見せた。

「トンさんか、どうした？」

しわがれた声で挨拶をしながら、儀藤と亀島を油断なく見据える。

「トンさん、何のつもりだ。警察か？」

ひと目で素性を見抜かれた。

トンはバツが悪そうに俯くと、「ちょっと訳ありなんだ」とつぶやいた。

名無しは明らかに迷惑そうだ。

「勘弁してくれよ。ワシはここを終の棲家だと思ってんのさ。今さら、手入れなんて御免だよぉ」

「そういうことにならないよう、善処しますので」

亀島は言った。

「警察の言う事なんか、信用できるかよぉ」

「その点に関しては、俺もじいさんと同じだけどさ、人の命がかかってるって言うもんだから」

「命？」

「村越一家殺人事件、じいさん、覚えてるだろう？　この近くの家で三人殺された」

「ああ、よく覚えてる。取材のヤツらとかもいっぱい来てなぁ。だけど、あの事件は犯人がすぐに捕まったんだよなぁ」

「大殿だ。だけど、その事件をいま、調べ直しているんだってさ」

「何だそれは。あの大事件を、あんたら二人でかい？」

儀藤がデロンと頭を下げる。

「警視庁の方から来ました、儀藤堅忍と申します」

「……相棒の亀島です」

名無しは「自宅」前の地面にペタンと座りこむと、腕を組んだ。

「それで、ワシに何の用なんだい？」

「十五年前の事件当日、犯人がこの河川敷へと通じる路地を通って逃げた可能性が出てきました」

「よくは覚えていないけれど、大殿は、表玄関から逃げて、そこを捕まったんだったな」

「ええ。その結果、警察は捜査範囲を広げず、こちらにお住まいの方々には、話すら聞いていません。完全な見落としです」

「ほう」と名無しがまんざらでもない顔をする。

「警察というところが、自分の過ちを認めるのは珍しい」

「おそれいります」

「しかし、そんなことでは、あなた、警察の中で出世できないでしょう」

「おっしゃる通りです」

「面白い人が訪ねてきたね。さて、十五年前ねぇ」

名無しは脇に控えるトンを見た。

「当時を知るのは、ワシとトンさんだけかね」

「そうなんだ。俺は何も見てないし、心当たりもなくってさ」

「十五年前といやあ、一人、妙なのが、いなかったかい」

「妙なの？」

「関西から流れてきたっていう男で、やたらと人に絡む」

トンが手を打った。

「いたな。羽振りは良くて、毎晩、カップ酒食らってた」

「何をして稼いでいたのか、よく判らん男だったね」

亀島は興奮を抑えきれず、尋ねた。

「その男の名前などは判りますか？」

名無しはニヤリと笑う。

「あっちがトンさんで、ワシが名無しだよ。聞くだけ野暮でしょうが」

「では、男の所在などは？」

「さあねぇ。半年くらいいて、ぷいっと姿を消してしまった。それっきりさ。あ、一度だけ蒲田の方に友達がいるって言ってたな。トンさんも聞いたことない？」

トンは首を横に振る。

「蒲田も最近はずいぶん変わったって聞くけど、駅前に鈴木(すずき)ってヤツがいる。古雑誌売ってるんだけど、そいつに聞けば、何か判るかもしれないなぁ」

亀島は儀藤の肩を叩く。

「行こう。微かだが、今は唯一の手がかりだ」

「そうですねぇ」

「すまないな。大して役にたてなくて」

立ち上がった名無しは、律儀に頭を下げた。

亀島たちが歩きだそうとしたとき、トンが真剣な面持ちで、立ち塞がった。

「できれば、ここの事はそっとしておいて欲しい。蒲田で何があってもだ」

儀藤はうなずいた。

「判りました。お約束します」

トンはようやく、口元を緩め、脇にどいた。

亀島は駅に戻るため駆けだそうとしたが、儀藤はなぜかゆっくりと歩を進めている。

「何をしているんだ、急がないと」

儀藤の背後では、トンと名無しが笑顔で語り合っている。やがて、トンがほどけかかっている古雑誌の束を結わえ直し始めた。

「スティング」のテーマソングが風に乗って聞こえてきた。儀藤が足を止める。口笛だ。トンが口笛で「ジ・エンターテイナー」を吹いている。

「トンさぁん」

儀藤が呼びかけた。

トンは驚いた様子で、雑誌を結わえていた手を止める。

「な、何だい」

「その曲、お好きなんですかね」

「曲？　あ、ああ、この口笛の。よく知らないけど、いい曲だよな」

「よく知らないのに、口笛で吹かれる？」

「そう。どっかで聞いたんだよ。どっかで」

儀藤がニンマリと笑った。

「それは、どちらでお聞きになりましたか」

トンは顎をポリポリとかきながら、空を見上げる。

「さて……どこだったかなぁ。あ！」

トンは微笑みながら、名無しを見た。

「名無しだよ。あんた、よく鼻歌で歌ってたよな」

小屋に入ろうとしていた名無しの肩がかすかに震えた。

「そうだったかね」

振り返った名無しの顔は、いつもと同じように温厚な微笑みを浮かべている。

儀藤はおもねるように身を低くしつつ、名無しに近づいた。

「あなたは、どこでその曲を？」

「そんなことが、重要なんですかね」

「重要かどうかは判りません。ですが今は、どんな情報でもいただきたいところでしてねぇ」

「よく覚えていないなぁ」

「実は、その曲を事件の関係者の一人が聞いているのですよ。村越家の隣家の女性が、着信音にその曲を設定していましてね。これは、奇妙な符合といえませんかねぇ」

「そんなことはない。そうだ、その女性の着信音を聞いたのだよ。以前は空き缶などを拾うため、住宅地を自転車で回ったりしていたからね。あるいは、その女性が河川敷を散歩でもしていて、そのとき、ワシが聞いたのかもしれない。それでいい曲だなと思って、頭に残った。それを無意識のうちに口ずさんだというわけだよ」

「いい曲というのは、そうやって広まっていくのですなぁ」

「ちなみに、それは何という曲なんだい？」

「『スティング』という映画のテーマ曲で『ジ・エンターテイナー』というそうです」

「そうかぁ。ワシはこの歳まで、のんびり映画を見るような暮らしを送ってこなかったからなぁ」

「名無しさん」

「なんだね？」

「隣家の女性は事件当日に携帯を機種変更、つまり変えていましてね。着信音を『スティング』のテーマ曲にしたのは、事件の直前なんですよ。そして、事件後、彼女はホテルに移り、結局、一度も自宅には戻らなかったんです。つまり、この近辺で携帯から『スティング』のテーマ曲が流れたのは、ただ一度だけ。事件当日の午後四時直前。そしてそれを聞けたのは、村越家の中だけです」

儀藤はジリジリと名無しに迫った。

「名無しさぁん、あなた、あの日、あの時、村越家にいましたねぇ」

状況が把握できないのか、トンは啞然とした表情で、迫る儀藤を目で追っている。

名無しはふっと自然な動作で、右腕を動かした。儀藤がふらりと体を揺らす。名無しの手には、鋭い鎌が握られていた。いつ、どこから取りだしたのか、亀島にはまったく見えなかった。

周囲にあるものは、どれも朽ちているが、名無しの手にある鎌だけは、キラキラと刃先が光っている。

儀藤は両手を下げたまま、その場を動かない。名無しは下手（したて）に構えた鎌の刃先を儀藤に向け、顔には穏やかな笑みをたたえていた。

「名無しさん、あなたが殺したんですねぇ」

鎌が鋭く斬り上げられる。儀藤はゆらりと上体を反らし、ギリギリのところで刃先を避けると、手で名無しの右手首をはたいた。さほど力を入れたとも思えなかったが、鎌は手を離れ、クルクルと宙を舞い、トンの足下に突き刺さった。

「ふぇぇぇぇ」

トンは、後ろを振り返りもせず、逃げ去っていった。

名無しは初めて表情を曇らせると、舌打ちをして駆けだした。老人とは思えない身の軽さだった。同時に、亀島の体も動いていた。自身の意識を離れ、体が勝手に動いていた。

「止まれ！」

雑草をかき分けつつ、名無しの背中を追う。警察官となってから、このように自ら容疑者を追いかけた経験は皆無だった。体力にも自信はない。学生時代、体育の成績は三がいいところで、学業に比べて遥かに見劣りするものであった。

すぐに息が上がり始める。当然だ。

頼りは相手もまた高齢であることだ。身軽とはいえ、限度はある。

喉元が焼けつくように熱く、太ももが鉛のように重い。それでも、追う背中は徐々に近づきつつあった。

名無しがこちらを振り向いた。もはや温和な笑みはない。醜く歪み、血走った目が亀島を捉えた。歯をむきだし、名無しは懸命に駆ける。

手を伸ばせば届くほどに、近づいた。それでも、そのわずかな距離が遠い。

ふいに視界が開ける。雑草地帯を抜けて、緑広がる整備の行き届いた遊歩道に飛びだした。

亀島は身を躍らせた。相手の背に覆い被さる格好で、地面に投げだされた。懸命に襟首を摑み、地面に押しつける。

名無しは亀島の手を外し、仰向けになると、拳で亀島の顔を殴りつけてきた。真正面から何度も殴られた。視界が歪み、チカチカと黄色い光が瞬いた。鼻に強烈な痛みがきて、だらりと生暖かいものが流れだしたのが判った。口の中にも鉄分の混じった不快な味が広がる。

「放せ、放しやがれ、このクソ野郎」

名無しのだみ声が響き渡った。もう目を開いていられなかった。固く目を閉じながらも、亀島は名無しの服の裾を握りしめ、覆い被さった姿勢のまま、動かなかった。容赦なく叩きつけられる拳を受け続けた。

「なぜだ、なぜ、殺した」

亀島はつぶやいていた。

「家族をなぜ、殺した」

「泥をかけやがったからだよ。オレが道を歩いてたら、あいつらの車が泥をはねていった。それがかかったんだ。なのにヤツら、謝りもしねえ」

なおも繰りだされる拳を受けながら、亀島は渾身の力をこめ、相手の胸ぐらを摑み上げた。

「それだけ？」

「ああ。追いかけてったら、すぐ先の駐車場に車が駐まってた。娘が玄関から入るところだったから、そのまま中に押し入って、刺したんだ」

亀島は手で相手の喉を包みこんだ。拳の連打は、いつの間にか止んでいた。

「息子が二階に隠れているのは判っていたよ。本当は殺すつもりで、階段を上りかけた。だが、あの曲が聞こえてきたんだよ。隣の家から。長居は無用と思ってさ、裏口から逃げた。血みどろだったが、幸い、人目につかなかった。そのまま河川敷の我が家に戻って、それっきり」

ハハハと乾いた声で、名無しは笑った。

十五年、犯人は現場の目と鼻の先で、暮らしていた。温厚な男として、誰に見とがめられるでもなく、暮らしていた。

一方で、無実の大殿は、拘置所に入れられ、毎日、死の恐怖と闘い怯えていた。

「そんなこと、許されてたまるかよ」

腕に力がこもる。喉を締め上げる。名無しの体がパタパタと抵抗をみせる。

「俺はその片棒をかついで……」

「お止めなさい。あなたが死神になる必要はありませんよ」

耳元で、儀藤のささやきが聞こえた。

我に返り手を放す。両目とも腫れ上がり、何も見えなかった。気配を探るが、何も判らない。

「儀藤警部補――警部補……？」

返事はなく、遥か遠くからパトカーのサイレン音が近づいてきた。

6

画面の中では、男性レポーターが興奮気味にまくしたてていた。

「大殿元受刑者が、まもなく釈放されるとの情報です。死刑執行が特例的措置で中止となった直後、釈放です。前代未聞の事態です」

東京拘置所の前は、取材陣でごった返している。

部屋まで案内してくれた執事は、静かに亀島の後ろに回る。

「主人がお待ち申し上げておりました。どうぞごゆっくり」

ドアが音もなく閉まった。

先日、儀藤と訪れた際と、何も変わってはいなかった。部屋の真ん中にあるリクライニング式の介護ベッドは、上体部分を起こした状態で固定されている。ベッドの正面には、音をしぼった大型テレビがあり、磯谷達樹は画面の方を向いたまま、動かない。

亀島は杖をつきながら、ゆっくりと進み出る。右目はまだ完全にふさがっており、左目がわずかに見える程度だ。頬骨や肋骨が折れ、肩も脱臼していた。右手親指、人差し指の骨にはヒビ、脳波などには異常なしとの結果をもらったが、明日、再度、精密検査を行うことになっている。

ある程度、薬で抑えているものの、痛みは酷く、足を半歩だすだけでも一苦労だ。自分で携帯一つ取ることはできず、顎を強打されたせいで、ものを噛むことも満足にできない。栄りそうだった。

養は日々、点滴頼みという情けなさで、へし折れた前歯や奥歯の治療には相当な金額がかか

本来なら外出など認められるはずもなかったが、亀島は主治医を恫喝し、強制退院という不名誉を背負うことで、ここまでやって来た。

「何とか、間に合いました」

うまく喋れないため、しっかりと言葉が伝わったのかは心許ない。磯谷は無言のままだった。

名無しを逮捕後、ズタズタになった体のまま、亀島は大殿の死刑執行中止へと動いた。警視総監への訴えを皮切りに、関係各方面に働きかけた。本来であれば門前払いとなるような訴えでも、血まみれの亀島が押しかけ、経緯の説明を始めれば、誰もが耳を貸すことになった。

その結果、死刑執行は寸前で停止、村越一家殺害事件の容疑者として、住所不定、氏名不詳の男性があらためて取調べを受けることとなった。

亀島はさらにベッドへと近づく。

「儀藤警部補は、姿を消してしまいました。いま、何処にいるのか、自分にも判りません。ただ、一言、あなたにご報告をと思いまして」

今回の一件で、亀島はすべてを失うだろう。警視庁副総監の地位も、警視総監への夢も、警察官としての最低限の立場も。

いったい自分の半生は何だったのか。妻も子供たちも、恐らく離れていくだろう。

後悔しかなかった。ただ、全身の痛みが酷く、実感がわかないだけだ。

それでも不思議と絶望はない。儀藤と共に、大殿の命を救った。それが自分の為すべきことであり、自分はそれを為した。使命は終わった。そんな奇妙な解放感に亀島は包まれている。残る人生は出がらしのようなもので、ただ、無為に過ごしていくしかないのだろう。それはそれで、悪くないのかもしれない。

一つだけ望みがあるとすれば、あの奇妙な男、儀藤堅忍に会いたかった。会ったところで、交わす言葉とてもはやない。それでもなぜか、無性に会いたかった。

ここにやって来たのも、もしかすると儀藤に会えるかもしれないと感じたからだ。

しかし、亀島を迎えたのは、忠実な執事だけで、ほかに客の気配もなかった。

「磯谷さん、それでは、失礼します」

頭を下げようとして、肋骨に激痛が走る。「うっ」と顎を引いたとき、横たわる磯谷の顔が見えた。

彼は既に事切れていた。右手にはテレビのリモコンが握られている。ぼんやりと開いた目には、テレビの画面がチラチラと映りこんでいた。

状態からみて、亡くなったのはほんの数時間前だろう。ちょうど、大殿の件に関する報道が始まったころ……。

あの執事は、主人が亡くなっていることを承知の上で、亀島をここに案内したのか。

いったい、どういう……。

サイドテーブルに封が開いたままの封筒があった。クリップで留められているのは、儀藤堅忍の名刺である。懸命に手を伸ばし、それを取る。名刺の裏に「おつかれさまでした」という鉛筆の走り書きがあった。

封筒の中身は、警視庁上層部が絡むスキャンダルについて詳細に書かれたものだった。与党幹部と親交の深いグループによるある犯罪行為を、上層部が総掛かりでもみ消したというものだ。過去に週刊誌などがスクープとして報じたが、続報も出ずうやむやとなった事件。その詳報がここにある。

これを上手く使えば、亀島は警察権力の中枢に返り咲けるだろう。それだけではない。上層部の腐敗を一掃することもできる。

亀島は封筒を脇に挟むと、苦労して体の向きを変えた。

笑いをこらえることができない。息をするだけでも、肋骨に激しい痛みが走るというのに。

亀島は痛みに耐え、涙を流し、薄暗い廊下を笑いながら、歩いていった。杖がコツコツと乾いた音をたてた。

この作品は書き下ろしです。原稿枚数538枚（400字詰め）。

死神(しにがみ)さん

嫌(きら)われる刑事(けいじ)

大倉崇裕(おおくらたかひろ)

令和4年7月10日　初版発行

発行人――石原正康
編集人――高部真人
発行所――株式会社幻冬舎
〒151-0051東京都渋谷区千駄ヶ谷4-9-7
電話　03(5411)6222(営業)
　　　03(5411)6211(編集)
公式HP　https://www.gentosha.co.jp/
印刷・製本―中央精版印刷株式会社
装丁者――高橋雅之

幻冬舎文庫

ISBN978-4-344-43206-2　C0193　お-60-2